长河逐日

薛海翔　著

CHASING THE
SUN ALONG
THE LONG RIVER

上海三联书店

序章　相关照片

父与子分别三十八年后重聚。

马来西亚太平监狱，1938 年父亲郭永绵作为政治犯，关押
于此。

太平监狱外观，岗楼铁丝网都是早年架设的。

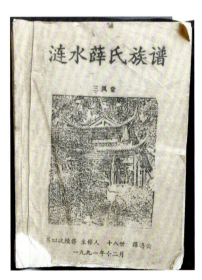

母亲薛联的薛氏家谱，记载了薛氏家族 20 代传人名录。

江苏涟水县普安集，母亲薛联的老宅，1925 年母亲生于此，原房在抗日战争中被日本陆军烧毁，这是后来翻建的新屋。

第一章　相关照片

马来西亚霹雳州怡保市德乐街 7 号，父亲郭永绵四岁时居住此地。这是我父系渊源能够追溯到最远的地方了。

马来西亚槟城爱情巷时中小学，郭永绵两次在此就读，于
1936 年毕业。

马来西亚霹雳州古月双溪锡矿，郭永绵十二岁失学时曾在
此做过半年童工。

马来西亚槟城《光华日报》旧址，1936年郭永绵来这个孙中山倡导建立的报社当排字工。

第二章　相关照片

薛联从小生长的普安集，1920年代是当地农贸集市中心，外公薛兰荣曾开设染坊于此，如今冷寂，繁华不再。

薛联家后的庄稼地，曾是母亲与外婆微薄的生活来源，如今庄稼长势喜人。

第三章　相关照片

马来西亚槟城关仔角近貌。1937年元旦，父亲郭永绵在这个海滨，第一次参加了马来亚共产党的地下活动；海滩已全然不同当年，唯有这一排高大的椰子树还是八十年前旧物，它们曾目睹郭永绵从这里出发，走上一条意想不到的人生道路。

1938 年，马来亚共产党领导的革命剧团在怡保市合影，二排右起第九人为郭永绵，其时任剧团常委。这是他在马来亚共产党活动中留下的唯一一张照片。

第四章 相关照片

江苏省盐城新四军抗日军政大学五分校旧址（现盐城中学校园内），1941 年，薛联为此校五大队（女生队）学员，接受了中国共产党的政治军事训练。

江苏省盐城市泰山庙。1941 年，新四军重建军部即设于此庙，当年为日军轰炸焚毁，1982 年按当年原样重建。

第五章　相关照片

马来西亚霹雳州怡保市警察局。1938 年 8 月，郭永绵在此警察局门前举行飞行集会，营救被捕同志，被英国密探逮捕，并关押于此。

第六章　相关照片

父亲的养母何清（葵婶），她一生只有一个目标，抚养父亲长大成人。

第七章　相关照片

摄于 1940 年 6 月，广东省赤坎玉山寺，左上角站立者为郭永绵。

照片下文字为郭永绵手书：

"1940 年在马来亚，亚罗村被捕，先后关押在槟城，新加坡，香港监狱。6 月获释，一群政治犯到了雷州半岛赤坎。我是最年轻的政治犯（身有红点者）。"

上海市吕班路（今重庆南路）。1940年，郭永绵被英国殖民当局驱逐出境，回到国内，即按八路军香港办事处廖承志指示，潜居在此地，等候分配工作。

上海市法国公园（今复兴公园）。郭永绵潜伏上海时，常来的落脚之处。

南通天星港。1940年底，郭永绵一行由新四军交通员接应，在此渡过长江，进入苏北根据地，参加新四军。

第八章　相关照片

郭永绵摄于1941年1月，在新四军江北指挥部政治部印刷厂任青年队长，不出数月，为应对日军"大扫荡"，印刷厂解散，他被编入游击小组，与日军作战。

第九章　相关照片

1942 年，薛联任新四军后方医院医疗小组军医，便衣潜伏时的留影。照片下的钢笔文字为薛联手书："抗日战争最艰苦的时刻，东海之滨打游击！1942—1943 年"。

1943 年，薛联率新四军后方医院一个医疗小组，便装潜伏芦苇荡小船中留影，左一为薛联；左二姜明，建国后任上海市儿童医院院长；右一刘冰，建国后任上海铁路医院院长。
照片下钢笔字为薛联手书："一个伤病员小组。1943 年冬"。

第十一章 相关照片

东台市政府今照。1942 年 2 月，郭永绵被敌军俘获后，押到日军占领的东台县城里，被保释出狱后，接上级指示，潜伏敌营，任伪军 69 旅参谋处文书，以此为掩护，成立秘密情报小组，战斗在敌人心脏长达一年。

第十二章 相关照片

江苏省宝应县西安丰镇革命历史纪念馆。

江苏省宝应县西安丰镇林溪村，苏中党校旧址，1944年4月至12月，郭永绵作为党校学员，在此地参与"整风"八个月，在"审干"中遭遇车轮大战逼供，愤而砍下两节手指明志。

第十三章 相关照片

固晋村时期的薛联，二十岁；摄于1945年夏，时任苏中军区司令部总门诊室室长。

母亲薛联与外婆孙增修团聚在部队中。

固晋村今貌，图为当年后方医院旧址。

粟裕在固晋村故居旧址，现置铜牌标示。

固晋村壁画，标示当年各机关位置所在。

话剧《甲申记》演出旧址，现已不存，留有石碑标示原址。

1945 年 8 月抗战胜利日，薛联拍了这样一张照片以资纪念。

第十四章　相关照片

中共高淳县委、溧高县委组织机构

部门	职务	姓名	职务	姓名	备注
中共高淳县委员会	书记	张 光（大张光）(1943.12-1944.6)	委员	李代胜（1943.12-1944.6）方克强（1943.12-1944.6）江 波（1943.12-1944.6）	1943年12月重建
组织部	部长	李代胜（1943.12-1944.6）			
中共安兴区委员会	书记	应宣权（女，1943.12-1944.1）范征夫（1944.1-1944.6）			1943年12月成立
中共固城区委员会	书记	李代胜（兼，1944春-1944.6）			1944年春成立
中共韩村区委员会	书记	李代胜（兼，1944春-1944.6）			1944年成立
中共溧高县委员会	书记	杨 辛（1944.6-1945.7）王一凡（1945.7-1945.10）	委员	李代胜（1944.6-1945.10）周 林（1944.6-1945.8）邢 浩（1944.6-1945.8）江 波（1944.6-1944.11）童 超（1945.5-1945.7）杨源时（1945.8-1945.10）	1944年6月成立
	副书记	张 光（大张光）(1944.6-1944.12）张一樵（1945.7-1945.10）			
秘书		唐 奇（女，1944.7-1945.10）			
组织部	部长	李代胜（1944.6-1945.10）			
宣传部	部长	江 波（1944.6-1944.11）			
中共安兴区委员会	书记	范征夫（1944.6-1944.12）周 林（1944.12-1945.5）童 超（1945.5-1945.7）钟 石（1945.7-1945.10）	副书记	应宣权（女，1944.7-1945.8）	
中共韩固区委员会	书记	吴云标（1944.6-1944.11）李代胜（兼，1944.11-1945春）郭永绵（1945春-1945.8）	副书记	王 珍（女，1945.5-1945.8）	1944年11月成立
	代理书记	王 珍（女，1945.8-1945.10）			
中共东坝区委员会	书记	郭永绵（1945.8-1945.10）			1945年8月成立

南京高淳区桠溪镇跃进村西舍，溧高县政府纪念馆内的看板，郭永绵出现在区委书记名录中，标示着他于 1945 年春任韩固区委书记，1945 年 8 月任东坝区委书记。

历史上短暂存在过的中共溧高县委县政府旧址。

溧高县政府大会场外景，现在是溧高县民主政府纪念馆。

溧高县政府大会场。

浙江长兴县苏浙军区纪念馆外景，粟裕的部分骨灰就安放在广场上，左方石碑即是安放处。

南京高淳桠溪镇"国际慢城"一角。昔日的血腥征伐之地，如今成为国际级旅游胜地，吸引四海游客。

第十五章　相关照片

摄于 1947 年，郭永绵，时任华东野战军四纵团宣传股长。
照片上钢笔字为郭永绵手迹："1947 年山东胶济路"。

第十六章　相关照片

1947 年，南麻临朐战役的败退中，率领一整个大队逃出生天，撤到山东省惠民县留影，眼中依然可见惊惧之色。

照片下钢笔字为薛联手书："临朐南麻战役后第二野战医院五大队队长　山东惠民"。

摄于 1949 年 1 月，淮海战役大胜，薛联在激战中心——韩庄车站的战争废墟上留影。

淮海战役后在韩庄车站
留影，眼中满是胜利豪
气，时年二十三岁。
照片下钢笔字为薛联手
书："淮海战役十二野战
医院手术队队长　于韩
庄车站49．1．"。

1948年，济南战役的
前方救济所中，为伤员
动手术。后排左一为
薛联。
照片下钢笔字为薛联手
书："救死扶伤。济南
战役中"。

第十七章　相关照片

1949 年 5 月，郭永绵随 23 军攻入上海，这是他们攻占的国民党淞沪警备司令部。

23 军攻占的原国民政府中央造币厂。

23 军攻进上海，冲锋经过的衡山路。

上海交通大学正门。1949年5月，郭永绵坐在缴获的坦克顶上，押解数以百计的俘虏，进入作为临时战俘营的交通大学。

第十八章　相关照片

苏州阊门码头。600年前，薛氏家族遭遇"洪武赶散"，从这里登船强迁去苏北涟水。

苏州阊门新修建的朝宗阁。分散到全世界的赶散家族归来认祖朝宗。

苏州阊门的寻根纪念碑。

1949 年华东野战军攻占上海，薛联和这十几个年轻人被指派来接管国民党的"国防医学院"，成立了"中国人民解放军第二军医大学"。照片下为薛联手书说明："就是这批人接管了一所大学，从硝烟弥漫的战场转到培养人才的阵地上。"

时任"中国人民解放军第二军医大学"第二学生大队大队长的薛联，摄于1949年。

欢呼新中国成立。摄于1949年10月1日，第二军医大学内。

照片下文字为薛联手迹："欢呼新中国诞生，上海二军大二大队，1949. 10. 1"。

原上海租界工部局大楼，曾是国民党上海市政府和共产党上海市政府所在地，薛联从部队转业后，进入这栋大楼工作，度过后半生的漫长岁月。

薛联转业后在市府大楼工作时的装束容貌。

第十九章　相关照片

上海嘉定区南翔镇，1950 年，郭永绵和薛联在此成婚。

1951 年 11 月，23 军曾立碑于嘉定城内，标示军部所在地。此石碑在今嘉定区卫健委翻修时无意中挖掘出来，树立院内，重见天日。1951 年立碑时，郭永绵和薛联均在军部任职，他们的家也在此地，这是我在这个世界上的第一个家庭住址的标识。

1953 年 8 月，中国人民志愿军军人郭永绵站立朝鲜军事分界线（三八线）上。

1954 年，郭永绵摄于朝鲜，时任志愿军 23 军 69 师政治部副主任。

薛联参加中国人民志愿军，时任志愿军 23 军后勤部留守处主任。

摄于 1954 年初，作者在朝鲜开城（位于三八线），骑坐
未爆的美国炸弹。
"母亲把我放在炸弹上，父亲按下了快门。"（作者注）

第二十章　相关照片

薛联和本书作者，母子其
乐融融。（1952 年摄于 23
军军部）

郭永绵（1920—2007）晚年照片。

薛联（1925—2017）晚年照片。

2015 年，薛联获颁抗日战争胜利 70 周年纪念章。

夸父与日逐走，入日；渴，欲得饮，饮于河、渭；河、渭不足，北饮大泽。未至，道渴而死。弃其杖，化为邓林。（《山海经·海外北经》）

——题记

目录

序章   001

第一章　马来亚　怡保　　　　　　　009

第二章　中国　江苏　涟水　　　　　023

第三章　马来亚　槟城　　　　　　　031

第四章　中国　苏北　　　　　　　　037

第五章　马来亚　槟城　怡保　　　　054

第六章　马来亚　槟城　　　　　　　071

第七章　新加坡　香港　上海　　　　084

第八章　中国　江苏　盐城　　　　　096

第九章　中国　江苏　兴华　　　　　103

第十章　中国　江苏　东台　　　　　111

第十一章　中国　苏中　东台　　　　124

第十二章　中国　江苏　宝应　　　　154

第十三章　中国　江苏　宝应 171

第十四章　中国　苏南 184

第十五章　中国　江苏　浙江 195

第十六章　中国　山东　江苏 202

第十七章　中国　长江　南京　杭州　上海 217

第十八章　中国　徐州　扬州　上海 225

第十九章　中国　上海　嘉定　南翔　朝鲜 246

第二十章　中国　上海　长海医院 247

后记 249

附录一 255

附录二 260

序章

"你要问起爷爷那一辈,我真的是没有办法了,我就看过一张出生证,那还是 1939 年 1 月我被关押在马来亚的太平监狱,法庭过堂时法官给我看的:我本名吴清云,出生地马来亚霹雳州怡保,英国籍;父亲吴保,广东人;母亲郑柳,福建人。就这么多了……"

1995 年那个清凉的夏天,哈尔滨,三十八年未曾相见的父亲郭永绵不无歉意地说着,我则拿着笔记本边听边记,如同无数次对陌生人的采访。

"说不定,太平监狱或者怡保警察局有这些资料,英国人档案保存做得很认真。"看着我停下了手中的笔不再记录,父亲没有把握地补充着。

"你可以去那里,找找看。"父亲最后对我建议道。

哈尔滨独有的夏季凉风,穿过屋外绿色的浓荫,涌进宽大的窗口。分别三十八年的父与子,回溯那飘散在岁月深处的家族线索,听长风掠过,对坐无言。

此刻,2017 年 2 月 24 日上午,那次谈话 22 年后,我站在父亲被关押过的马来西亚太平监狱的门口。马来半岛 2 月的骄阳,跟上海 8 月没有两样,火一样地炙烤着我的皮肤,我抬头望着监狱哥特风格高耸的大门,奶黄色门扇镶着绿色纹边;大门紧闭,门口停着一辆中型黑色囚车,像个机甲堡垒。大门两边,无限延伸望不到头的围墙上,架着锈迹斑斑的铁丝网,每隔一段,就有一个岗楼,很像电影里看过的旧时监狱。它的确就是一个旧时监狱,大门的尖顶上,炫耀般地镌刻着"1879"几个大字。

我想象着父亲走进这座大门的场景:一个十八岁的年轻人,羸弱、纤瘦,脊柱微微侧弯,肩膀一高一低,戴着手铐,被英国警局密探押解着,走到高耸的门楼下。大门隆隆开启,门里,就是一个任人宰割的世界,他慌乱吗? 害怕吗? 绝望吗?

我跟父亲不熟。直到 2007 年他去世,在他八十七岁的生命光阴里,我们见面只有数得出来的寥寥几次。这一刻,我忽然感到一种异样:他离我很近,近在咫尺,近在身边,与我身影重叠;我脚下的路面,父亲也曾踏踩走过,我头上的门楼,父亲也曾仰头看过,父与子,隔着七十九年的时间,站立在同一空间。

这里纬度很低,北纬 3 度,几近赤道,西边是印度洋马六甲海峡,波涛碧绿,东边是金马伦高原,绵延不绝。我从上海飞来,对陌生的异国满是好奇和疑虑,阳光耀眼,迷雾重重。

　　我拿着手机,对着监狱大门、围墙、岗楼和墙里的囚室各种拍,终于,拍出来一个警官,一个肤色黝黑、一身黑色警服的中年马来人,他面容严肃,走到我面前操着英语说:"这里不许拍照。"

　　我说,我父亲八十年前在这里关过,我想来查找他囚禁这里的资料。

　　他惊奇地看着我。

　　我又重复了一遍,说,我父亲后来回了中国直到终老,再也没有来过马来西亚,他希望我能够看看他生活过的地方。

　　他还在思索着,好像在消化我的解释。

　　我说,可以吗? 如果需要的话,我可以提出正式的申请。

　　他明白过来,说,不是不可以,是不会有你父亲的资料。

　　我说,他在这里关押过五个月,在这里被提审、判的刑,你们应该有他的资料。

　　这个资料对我至关重要,只有它会告诉我,我的亲爷爷、亲奶奶是谁,来自哪里又去了何方。换言之,它是我——薛海翔从哪里来的一个源头,找不到它,我从哪里来就是一个谜了。

　　每个人的生命都有两个源头,父系和母系。

我的母系存有一本 20 代传人的家谱,让薛氏家族来路清晰,家谱上,最初的落户地是苏州阊门。元朝末年,中原大乱,群雄并起,角逐天下,江南氏族多支持本地兴兵的吴王张士诚,襄助他固守苏州十二年,最终,张士诚不敌朱元璋,苏州城破,明朝建立,朱元璋怨恨江南氏族对他的拒止,掌权后,把苏杭氏族几十万人一并迁往贫瘠的苏北,史称"洪武赶散"。

薛氏一族被强制迁去贫瘠的苏北涟水。那里有一个薛庄,庄前有旗杆,有下马石,还有一个从花团锦簇的苏州迁移到苏北白花花的盐碱地后,东山再起的励志故事:

族中有一个武艺高强的先人,在北京的皇帝身边担任带刀侍卫,朝夕相处的皇帝问起他的儿子多大了,他不知是有意还是无心,每次回答都是"小呢",终于有一天皇帝忍不住了说,你带来看看吧。一看之下,皇帝脱口说:"是个大人了嘛。"带刀父子双双跪下:"君无戏言,谢主隆恩。"既被封了"大人",薛庄也兴旺了起来。

小时听外婆不无得意地说起母系先人这段骗官往事,总觉得这算不上光彩和荣耀,及长,更觉得这故事不像是真的。落难的家族需要一个故事,支撑他们在苦难的异乡生存下去——即便如此,母系来源依旧脉络清晰,一目了然。

父系就不同了。

虽然,直到十八岁,在父亲的眼里,他的家族来历也是清清楚楚的：

父亲叫郭永绵，他知道自己的父亲叫郭善金，广东增城人，到现在增城还有个郭家祠堂。清朝末年，家里穷得过不下去了，爷爷的大哥送了人，剩下爷爷和一个兄弟、一个妹妹，"卖猪仔"漂洋过海，到马来亚霹雳州怡保落脚，爷爷郭善金在制革业当学徒，头三年白干，连剃头钱也没有，三年后学满自立，外出单干，三十岁时娶了何清为妻，当地人称爷爷"阿葵"，奶奶何清就被称为"葵婶"。1920 年，他们生了我父亲，取名郭永绵，名字含义也直白，子嗣永远绵延。

父亲三岁，爷爷去世，奶奶靠着艰辛世道里积攒的生存能力，在最不起眼的角落夹缝中找寻活路：她替人洗衣缝衣，替人包伙做饭，替人帮佣带孩子，做各种杂活，挣钱活下去，真个是孤儿寡母，艰辛备尝。

虽然是苦难卑贱到泥土里的人生，但来历还是清楚的。

父亲七岁时，奶奶把他送进了怡保的一所学校，叫"怡保公立义学"，这是一所社会募捐的学校，专为华人子弟开办的。

"学生如果生活困难就免费，家境稍好一些的就半费，家境好的就全费。我免费。教师全是从唐山（中国）去的，北伐战争失败后，知识分子逃过来，有进步思想，跟我们这些穷孩子关系比较密切，灌输进步思想，教我们唱'打倒列强、打倒列强'。我七岁进这个学校，念到四年级，语文、自然、体操、算术、美术、音乐，没有英语。"1995年，75 岁的父亲记忆清晰地对我说。

与此同时，万里外的北方，北纬 35 度的中国江苏省涟水县，一个叫普安集的小镇，母亲薛联走进小学，那年她四岁，还叫薛秀珍。

普安集很小，东边是太平洋的黄海，西边是广袤的江淮平原，全镇只有一条横贯东西的小街，每月逢五逢十为集，周遭十里八乡的农家都来此赶集，带着自家的农产品沿街设摊贩售，一个典型的农耕社会商贸交易中心。

外公薛兰荣开了一家染坊，按照客户需求，把农民自纺的土布染成各种颜色。全镇仅此一家染坊，没有竞争对手，生意就好做了，雇佣了一个店员和一个学徒；家里盖起了八间房，置办十亩地，在贫瘠的苏北，算得上殷实人家了。

那应该是 1929 年前后。中国历史天幕的大背景上，辛亥革命延续下来的国家纷乱，由军阀混战承接着，共产主义运动则在偏远的罗霄山脉，用星星之火的方式，为燎原中国的梦想而努力。

在远离中心城市的中国农村，岁月呈现池塘般的单调和平庸。此时，外公做出了一个当地人不解的举动：送女儿上学读书。

按照千年以降的传统，四岁正是女孩缠足的年纪，否则，这女孩会被人看作没家教，长大后会嫁不出去。虽然中国最后一个帝制封建王朝清朝已经灭亡十八年了，上海这样的大城市，缠足早已退出社会生活，但在苏北，传统依然延续，母亲也不例外要缠足了，外婆把母亲稚嫩的脚趾弯曲，用力压倒在脚心，再用几尺长的白布把脚牢牢包扎,以图塑造"三寸金莲"。母亲大哭大喊,拼命挣扎,就是不从,几天下来,外公看不下去,说,算了吧。母亲就此免遭缠足。外婆把缠足白布扔在一旁,止不住担忧母亲的人生前程,她请来当地一个颇有权威的算命先生,看看这个不缠足的小女儿会遭遇什么厄运。算命先生看过母亲的面相手相,排过生辰八字,叹了一口气说:"可惜了,是个女孩,要是个男孩,将来当大官。"

外公没把这个结论放在心上,他疼爱这个倔强又漂亮的小女儿,让她跟男孩一样,接受正规的现代教育。母亲就此走进学校,成为全校年龄最小的一名学生。语文课上,教人手足刀尺;算术课上,学加减乘除。

母亲第一次被叫到黑板前做"10 - 8"的算术题,她太小了,够不着黑板,老师给了她一个小板凳,她站上去,无师自通地在黑板上用粉笔画了十个点,再用手擦去八个,看着留下的两个点,她写出了"2"的答案。

老师对这个四岁小孩自辟蹊径的解法颇感意外,中午到母亲家吃包伙饭时大加赞赏,跟外公说,这小孩子聪明,让她一直读下去。

让老师始料不及的是,不久,他就遇上了这个被他赏识的学生的反击:

一日,老师喝醉了酒,让全班学生排着队走上讲台,他拿着戒尺,挨个打手心。母亲被打后,愤而提起书包,离校回家,举行她人生中第一次罢课抗议。这场风波,最后以老师登门道歉"错打你了",五岁小孩复课而和平收场。"我没错,他打我,我当然不服。"很多年后,母亲还为她那次罢课这么辩解着。

2017 年 4 月 25 日,离开马来半岛两个月后,我站在中国苏北普安集狭窄的街道上,亲见了父亲和母亲之间那遥不可及的巨大距离,那个农耕时代难以逾越的无边空间:他们隔着海洋和岛屿、平原和高山,隔着种族和国家、边境和海关。

父亲和母亲相差五岁,1920 年代末期,相隔万里的两个小学生,各自开始了自己的启蒙之路。从空间上看,他们的人生轨迹永远不会相交。如果没有 20 世纪 20 年代的世界经济大萧条,没有因此引发的国际动乱、国家纷争,没有传说中的"田中奏折",没有在帝国主义战争夹缝中顽强生长的共产主义运动,没有此后的遍地狼烟、漫天烽火,他们应该各自在自己熟稔的家乡,平凡地成长、谋生、繁衍、终老,一如众人,隔着望不到头的山川原野和波涛无边的汪洋大海,永不相交;而我,则在另一个平行宇宙的虚空中,以一种初始的原子形态,漂浮。

第一章

马来亚　怡保

"马来西亚霹雳州怡保埠新街场德乐街 7 号,

" No. 7　TAILOCK　STREET　IPOH　PERAKW,
MALAYSIA"

这个中英双语的地址,是父亲郭永绵亲手写给我的。1995 年夏天,他告诉我,从四岁开始,他就住在这里。他这样描述他记得的人生第一个住处:

"住在我妈打工的老板家,在河的北边,离河不远,德乐街 7 号,都是新建的房子,一排排住宅区,灰色砖瓦房,一般是两层楼,底下有走廊,就是所谓的骑楼。马路两边的房子对称,一排接一排,像广东的房子,我和我妈住在一个小房间,是堆杂物的,南方生活简单,有床就睡床,没床就睡地板。地板上有缝。"

那年父亲四岁,是 1924 年。这个地址,是我在这个世界上,可以找到的父亲最早的遗迹了,算得上父系最远的溯源之地。

九十三年后的今天——2017 年 2 月 23 日,我站在怡保潮湿而闷热的街头,手里拿着这张中英双语的地址条,开始了寻访。满以为,有这么详细的地址,随便找人一问便知。很快,事情变得蹊跷起来:不要说普通的路人、街边的店铺老板,就连路上巡逻的警察,凡是看到这张纸条的,无不摇头,没有一个说知道的。

怡保早年出产锡矿石,大批来自中国南部的华人在此挖矿谋生,逐渐繁衍成一个以华人为主体的中型城市。先民们聚居而住,沿着横贯城镇的近打河,发展成旧街场和新街场两大城区。旧街场由中国广东式的骑楼排出一条条狭窄的街道,新街场则由欧陆风格的建筑群构成现代意味的城区。

我按照逻辑推断,父亲家一贫如洗,应该住在陈旧混乱的旧街场。可是,他的地址上却写着新街场,会不会是搞错了城区呢?但是,我很快否定了这个自以为是的推断,因为,在我的访谈记录上,父亲是这样描述他一生中第一个记得起来的住处的:

"我母亲给人帮佣,东家是一个橡胶园的老板,姓梁,叫梁根,广东肇庆人,娶了七个老婆。我母亲帮佣的这家是梁根的四姨太,住着一幢房,男主人也不大回来,四姨太不曾生育,领养了一男一女,女的叫梁宝娟,比我大;男的叫梁祯祥,比我小,后来继承了财产。

"四姨太人比较好,她不许我叫老板娘,我就叫她四姑,她则叫我母亲为葵婶,叫我阿绵。我母亲给她家带孩子、做饭、收拾房子。

她家对我也没有歧视,我跟他们一起念私塾、四书五经。"

这样的大户人家,只能住在新街场。

新街场路边的建筑物上有许多中文招牌,标识着以中国国内地名命名的"会馆":"广西会馆""潮州会馆"等等,油漆斑驳,历史久远。经验说,这些会馆,一定会保留着从那些地方来的移民的久远历史和记忆,它们成了我最后的线索。

我敲开门,走进一家家会馆,出示手中的地址条,问路。

会馆幽静,通常有一两个老年人坐着,喝茶,看报。他们端详着我的地址条,两眼迷茫,依然无人知晓这条"德乐街"。间或有老者凝思着说,以前好像听说过这个名字,但是现在肯定是没有了。

为什么?

因为,1963年马来亚重组为马来西亚后,全国兴起过一场去英国化、去中国化的激烈运动,但凡英文街名、中文街名,一律更换成马来文街名,且与从前的读音全无相同之处,为的就是让人彻底遗忘从前用外国文字命名的街名。这场运动距今将近一个甲子,所以即便花甲老人,也没有旧时街名的丝毫记忆了。

看来,"德乐街"在那一段轰轰烈烈的"民族解放运动"中,已经化为粉末,飘散在历史的废墟之中。

毫无头绪地走在被时停时歇的阵雨浇得湿漉漉的街道上,我已经做好了空手而归的心理准备。我只能干巴巴地想象,父亲也许走过我脚下的街道,也被阵雨弄得满脚泥泞,用空洞的对比,对自己进行聊胜于无的心理安慰。

谁也不知道的是，这时，我离"德乐街"，只剩下几十米的距离了。

随行的马来西亚司机停下脚步，看着路边一家小店的店堂，一个驼背老者背朝着街道坐在小板凳上，躬身编织着一个灯笼骨架。司机死马当作活马医地用广东话问了一句："你知道德乐街吗？"

老者没有回身，也没有停下手中的劳作，只用左手斜着指指身后的一条横街。

找到了？就这么突然找到了！

我转身，撒腿就往那条横街跑。街口的绿底白字路牌上，一行不知道怎么发音的马来文街名赫然入目："HALA PASAR BARU"。

这还是一条骑楼夹道的街道，只是街面比较宽阔，两边的骑楼质量很是上乘，整齐而结实，九十年前，这算得上是上流社区了。我急急忙忙地从街边掠过，眼睛盯着每一扇门上的门牌，寻找 7 号。

7 号！也是骑楼，漆成艳俗的粉红色，倒是门面簇新，这是一家鞋店，拦腰横贯的明黄色招牌上中英双语："千里达鞋店THOUSAND MILES"。

我快步走进店堂，店堂里一排排货架，摆满了式样时髦的休闲鞋类，款式和颜色与上海、纽约等大都市相去不远，颇具冲击力，让人目不暇接。

一个二十多岁的华人店员迎上来，我急切地说："这店从前是不是居民住家?"

店员没有把握地说:"也许是的吧。"

"房东是不是姓梁?"

店员说:"多久前的事呀?"

"九十年前。"

店员愣住了:"这么久啊?"

他想了想,随后说:"这店堂是老板几年前才租下来的,要不,你去隔壁 9 号问问吧,她们是老住户,在这条街上住了很多很多年了。"

9 号是一家理发店,招牌上,也是中英双语:"雪梨美发院"。

我推门进去,店堂里没有顾客,两个华人中年妇女坐着闲聊天。

"你好,我想打听一下隔壁 7 号的情况?"

一个年长的妇女说:"什么情况?"

"房东是不是姓梁?"

"是,是姓梁。"

我的心,一下子狂跳起来,声音也有些颤抖,我镇定了一下,说:"有没有一个叫梁宝娟的女士?"

"有啊,梁宝娟,我小时候一直在她家,跟她女儿一起玩。"

梁宝娟比我父亲大一岁,算起来快有一百岁了。

女人说:"她后来去了英国。"

"哦……"线索到此为止了,我有些满足又有些失落。

"不过，梁宝娟的女儿就在怡保，房子租出去，她住在别的地方。对了，你是什么人啊？"

"我父亲跟梁宝娟是熟人，他小时候在这里住过。"

"是吗？那应该很老了吧。要不，你把情况写下来，下次梁宝娟的女儿过来，我告诉她。"

她随手拿过来一本类似账册的本子，递给我。

我翻开一页，写：

"我奶奶何清，父亲郭永绵，90年前曾在梁宝娟家住过。海翔。"

女人接过账册，看了看，随手放在一边。似乎不怎么在意。

店堂一角，一台电视机正在播放一部华语电视剧。

我说："你们看中国电视剧？"

"对，天天看。"

我问："有一部电视剧，叫《潜伏在黎明之前》，你们看过吗？"

这是我几年前脱稿的一部戏，几经周折拍了出来，被拍得很烂，却播得很好，收视率很高。去年我去欧洲美洲，当地华人多有看过，纽约街头还有盗版碟出售。

年纪较轻的那位说："看过。"

"我写的。"

"真的吗？"她们一下子兴奋起来，眼睛发亮，"真的吗？你是我们见过的第一个写电视剧的人啊！"

年长的那位热情起来，说："我一定会告诉梁宝娟的女儿，你来过这里，找过她家。"说着，她们拉着我合影。

刚才的托付，眼见得靠谱了。

合影后，我走出店堂。

走到街上，我上下打量着"德乐街7号"那艳俗的两层骑楼，想象着那个四岁的小男孩，一个女佣的儿子，快乐地在楼里爬上爬下，对身处的卑微地位毫无知晓。事实上，很多年后，当他投身于追求社会公平、人类平等的革命运动后，他似乎也从来没有对母亲给富人当佣人、自己寄人篱下的生涯有过自卑或者愤懑——底层人仇视上流社会的情绪积累，通常是革命的火药桶。相反，他对这东家始终充满好感，不无感激地说："我母亲后来养老送终都在这家。"

他说得不假。

第二天清晨，在驱车离开怡保之前，我又专程去了一趟德乐街，要看一眼7号再走，因为，这一走，恐怕永远不会重回这里了。

9号的女老板隔着玻璃门，一看到我，就高兴地叫住我，兴奋地说："昨晚，我跟梁宝娟的女儿联系上了，她说有这回事，你奶奶是她家的佣人，也是她的干妈，你奶奶去世时，就是她披麻戴孝为你奶奶送终的，你奶奶埋在郊区的三宝洞。"

穷人虽然置身社会底层，但在世道平和的时段，他们大多数是温顺的，对富人有着认命般的顺从，他们为富人服务，换取温饱，同时认可这个社会的等级阶梯，服从贫富高下的天然安置；其中有雄心壮志的，也不过就是寻找阶梯向上攀爬的入口处，希图能踏上台阶，一步一步攀上去，越爬越高而已。

看着采访父亲的笔录，我发现，那些年并不如同他感受的那么舒适和安宁。十岁那年的遭遇，对那个年龄段的孩子来说，就是灭顶的灾难。

"我十岁时，母亲得了大病，要死了，送去殡仪馆的慈善机构，那个机构是华人办的，当地无家可归的人、病重的人全去那里。我一个人伺候母亲，喂饭、买药、熬药。我母亲又奇迹般地活了过来。之后，我们就住到伯父家里去了。"

一个十岁小孩，全凭一己之力，把病得躺在殡仪馆的收容所里等死的母亲抢救回来。这是一个难以置信的奇迹，也是一个《悲惨世界》主人公式的凄惨遭遇。那么，其他的人都哪里去了呢？他母亲之前不是在四姨太家帮佣吗？父亲没有说过他母亲发病前的情形，合理的想象是，何清突发急病，病势凶猛，东家眼见她救不过来了，就把她送去殡仪馆收容所，让她在那里度过最后时光。只有那个十岁小男孩不放弃，他不能没有妈妈，他也不相信妈妈就这样死去，他不离不弃，奋战不休。

回首这段难以置信的往事，父亲心平气和，没有一丝世态炎凉的感叹和孤立无助的悲戚，隐约间，反而流露着做成一件大事的自得。

何清虽然起死回生，但是他们母子之后的日子貌似更加不堪。

何清痊愈后，母子俩没再回到四姨太家，而是离开了他们一直居住的怡保，迁移去了几百公里外的海滨城市槟城。父亲没有说过这一变迁的缘由，我也没有问过。

奶奶何清在槟城还是给有钱人家帮佣，十岁的父亲则对这个更大的港口城市充满了快乐的好奇，他眼里的新环境是这样的：

"到了槟城，我母亲当佣人。母亲有一个朋友，是女的，在海边旅游地看厕所，那里有自来水，可以冲洗。进门一毛钱，给手纸，地很干净，都可以睡觉。"

父亲带着夸耀的口吻，明显地对新环境很满意。可以想象那时的场景：一个保姆的孩子，跟着母亲去拜访在当地居留的朋友，她们的社交场所，就是朋友工作的公用厕所，这个小孩没有觉得妈妈跟朋友在厕所见面聊天有什么不妥，因为这个厕所是他从未见过的洁净所在，远远超出了他经验中厕所的层级，以至于他觉得都能躺在厕所地上，再进一步推想，在这个收费厕所里，因为他们是管理人的朋友，很可能他和母亲上厕所都免费了。这让他对新环境产生了一种前所未有的认同和自豪。

父亲的满意，也不全是小地方的穷孩子到了大城市后的眼花缭乱，还因为他进了更好的学校。

"我就读槟城的时中小学，地名叫爱情巷。我读了五、六两个年级，成绩很好。在我读过的学校，老师都非常器重我。"

成为他喜爱的新环境中的一员，这是一个孩子最高的快乐了。

2017 年 2 月 25 日,我在马来半岛的骄阳下,找到了爱情巷,也找到了巷子里的时中小学。乳白色的两层西式建筑校舍,紧挨着巷子的一边,在阳光下明亮得耀眼。校门上"1929"四个阿拉伯数字,俯视着巷子里熙熙攘攘的游客。

爱情巷,是槟城的一个名片级别的旅游点,这所小学有八十八年历史,至今还是正规学校,为这条巷子平添了历史的积淀,也增加了旅游的价值。

实际上,父亲在这所学校里的就读经历,今天看起来,心酸得让人不忍直视。

"母亲给人帮佣,那点收入根本交不起我的学费,我在学校就半工半读,一大清早先到学校,烧开水,把老师单身宿舍里的热水瓶都灌上水;要上课了,我要按时打上下课的钟;中午开饭时,我要给食堂端饭菜;放学后,大家都回家了,我要把学校打扫干净,那么高那么大的痰盂都要洗干净。我的整天工作,其实就相当于校役,这样,我便得到了免除学费的待遇,送书本给我,一个月还有三块钱的生活费。后来,母亲的保姆工作也没有了,她就给全校老师洗衣服,给一个老师洗一个月的衣服收一块钱;有钱的寄宿生的衣服也拿来给我母亲洗。

"老师的衣服都是我背回家来给母亲洗,第二天上学,再把干净衣服背回学校,送还给老师。语文老师有次在上学途中,看到我背衣服走在大街上,到学校就跟人说我像骆驼一样,背上背着一大包衣服,手里拿着一本书,一边走路一边看书,也不怕被车撞到。"

但是,这个十岁的男孩依然快乐,五十年后,他还记得当时他所唱的校歌:"时中开学槟城早,巍峨校舍如今重造。"他也还记得他的小学同学,有一个在上海,是海军;有一个在广州,是陆军。

快乐时光不长久,两年后,何清在槟城再也找不到工作,连吃饭都成了问题,她本能地往自己的"家乡"怡保跑去,怡保是她在马来亚最初的立足地。

那年父亲十二岁,书是读不下去了,但是,他没有跟着妈妈逃回怡保,他想试着去挣钱,养活自己。

"我到离怡保不远的锡矿当童工,那地方,有一个很有诗意的地名——双溪古月。"父亲告诉我。

2017 年 2 月 22 日,我站在双溪古月的小镇上,到处向人打听,锡矿在哪里。小镇有一条商业街,街边排开装饰简陋色彩艳丽的小店,店名招牌一律是汉字;街面后面,是窄小的民居,空气闷热潮湿,仿佛广东的某个乡下小镇。

镇民听说我寻找的是八十五年前的锡矿,一个个面露茫然。有几个正在街边饮茶的老者说,从前,这一片是有很多锡矿,锡矿都关掉了,还有一个开着的,去年发大水被淹,应该还在。老者虽然须发皆白,但也肯定不到八十五岁,父亲来当童工时,他们尚未出生。

"我十二岁,在锡矿上当童工,锡矿的提炼是用水枪射矿砂,再用人力从矿坑下面挑走矿砂,挑到矿坑上面用水淘。我的工作就是挑矿砂,每一担都往高坡上挑,挑得一肩高一肩低,脊柱 S 形,背都驼了。"

午后,我在离小镇十几公里的地方,找到了那个仅存的锡矿。

矿坑是一个圆形大坑,坑里积了水,更像是一个小湖;坑边是陡斜的山丘,骄阳下,没有植被的裸露山体,一片惨白色,让人睁不开眼,跟电影里囚犯强制劳动的采石场一个模样。我从坑边一步一步走到山顶,已是汗流浃背、气喘心跳。一个十二岁的小孩,挑着沉重的担子,从坑底爬到坡顶,把矿砂倒进洗矿槽,再摇摇晃晃回到坑底,装满箩筐,接着爬坡……从早到晚这么爬,他就是一头牛、一匹马,过着牛马一般的日子。

我的父亲,出身这么卑微,活得这么低贱,他是一棵野草,依附在社会荒漠浅表的土面上,任何一点波动,他都会随时湮灭,消失得无影无踪,就像从来没有出现过。若不是他生就倔强,不甘这样的人生,他真的就会消失在那个时段,之后与他相关的人与事和由此架构的整个时空,都不会出现。幸好这个倔强的小男孩一念犹存,死不放弃,此后的一切才得以存世。

"我不甘心小学没有念完,非念完不可。于是就自己一个人离开锡矿,跑回槟城,念完了小学,只是比正常年限多念了半年。"

没有母亲的资助,他是怎么念完小学的,他没有说。就是想借贷学费,也找不到门路,谁会跟一个十二岁的小孩发生金钱交易。也许,还是学校的善心,让他兼差当校工,换取了学费——我猜想。

"毕业后,我留在槟城,先在汽水厂当工人,做汽水。另外还学印刷、排字、装订等等,手工一套全做过。其中较多的是排版,一手夹稿纸,一手拣字。学会后,就在报馆工作,《光华日报》《新城日报》等报馆都工作过。"

2017 年 2 月 24 日,我站在槟城的《光华日报》旧址楼下,这是一栋白色的两层楼西式建筑,把着街角,呈长长的 L 形,棕色的实木大门边,钉着一个锈成暗绿色的铜牌,上书:

柴头路 2 & 4 号

当年孙中山在槟榔屿展开革命活动时,建议开办《光华日报》作为同盟会的喉舌。

《光华日报》于 1910 年 12 月 2 日创刊于打铜仔街 120 号,1913 年 12 月 1 日迁至台牛后 16 号,1935 年 6 月卫生局谓台牛后馆址空气污浊,不符合卫生,下令搬迁。

1936 年 1 月 1 日,光华日报社搬迁至此,直到 1992 年才迁往三条街现址。

1936 年,父亲十五岁,小学毕业生的他来这里上班,在这扇实木大门下,天天走进走出。在这条车水马龙的街道上,这棵野草终于把根扎进了社会的土壤,从此他可以有正常人的人生轨道了,工作、积蓄、恋爱、娶妻、生子……跟古往今来千千万万的底层劳作者一样,走完平淡庸常的一生,甚至都不会停下脚步,看看门口的报社招牌,联想一下《光华日报》是不是含有"光复中华"的革命涵义。

那个时段,马来亚在英国人的统治下,日子按部就班,没有任何异数。

万里外的欧洲,德国、意大利都落入法西斯手中,并与远东的日本法西斯结盟。被称作"三头怪兽结盟"的德意日同盟正式登台。

中国,万里长征后疲惫不堪的共产党人,被以逸待劳的国军挤压在陕北贫瘠的狭小地带,形格势禁,急谋出路;贪婪的日本陆军轻松地吞并了东北,开始着手吞并华北。风暴在中国上空集聚。

中国和欧洲,都呈现出狂风暴雨前最后的宁静。

第二章
中国　江苏　涟水

与父亲从底层的泥潭里一点一点往上爬相反,母亲这一边,日子沿着下降的螺旋阶梯,一天一天往下沉沦、塌陷。

母亲上学到第五年,接到了一份校长亲自给予的任务:代表普安集小学去涟水县城参加演讲比赛,演讲稿是校长亲自撰写的,题目是《抗战前途之我见》。那时节,让一个十岁的小女孩站在大庭广众前演讲这样一个题目,不像现在看起来那么突兀,东三省沦丧成了"满洲国",华北的汉奸化"自治"也粉墨登场,各大都市的舆论场开始激荡:再这么下去大家都会变成"亡国奴"啦!

一个十岁的小女孩不会有切肤之感,对她而言,到县城去演讲是一个难得的荣誉。她花了好几天背熟了演讲稿,在校长的悉心导演下,仔细安排好了应有的停顿、合适的手势,以及抑扬顿挫的节奏。

头天晚上,母亲吃了晚饭,早早洗漱睡下,校长约定明天一早来接她,用自行车带她去四十里外的县城。不料才到半夜,母亲就被巨大锣声惊醒,她吓得一骨碌爬起来,只见外婆奋力敲锣,外公则站在窗前,手持一支火枪,对准窗外。

　　土匪又来了! 母亲惊出一身冷汗,顿时清醒过来,随即放声狂喊:"来土匪啦! 来土匪啦! ……"

　　"土匪"这个词、这件事,是母亲家道中落、走向衰败的导火索。

　　母亲的哥哥薛扬声是个长相标致的英俊少年,每年镇上的祭天游行,他都被选去扮成观音,站在花车上招摇过市。他是全家的骄傲,也是全家的希望。

　　忽然有一天,该回家的时候,这个英俊少年没有出现。紧接着,外公就接到一封勒索信,信中说,如果你还想见到儿子,就缴大洋若干若干到某处,若是不想再见到儿子,你就去报官。

　　外公没料想,土匪绑票这样的事情,会这么猝不及防地落到他的头上。这些土匪其实是一些半农半匪的"业余玩票者",闲时啸聚湖荡、打家劫舍;忙时回家务农,隐身田舍之间。在苏北贫瘠荒凉的盐碱地带,官府的管辖,除了骑马下乡的税务官挨家挨户收缴税款外,就再没有别的功用体现了。官府对土匪毫无缉捕能力,百姓遇匪报官则毫无用处。20 世纪 20 至 30 年代的中华民国,乡间的行政空置和执法空白,让土匪普遍存在。

　　外公不用多思索,就明智地选择了缴纳赎金,土匪倒也信守交易承诺,赎金到手,放人回家。

经此一遭,外公的多年积蓄就差不多被掏空了。痛定思痛,外公决定自力救助,他买了枪支武装自己,还跟街坊四邻组织起联防,相互约定:一家有难,群起救援。

母亲梦中惊醒的这一晚,是隔壁邻居遇上土匪上门抢劫,深夜敲锣求救。一家有难,家家鸣锣,有枪的男人纷纷提枪上阵,在一片急促的锣声和凄厉的呼救声中,明火执仗的土匪被吓退了。

外公一手提枪一手举着火把冲出门去。他尾随撤退的土匪究追不舍,一直追到芦苇荡边上,不见了土匪踪影,这才回来家中。

天亮了,校长来接母亲去县城演讲时才发现,一夜的呼救嘶喊让母亲突发性失声,一个字也讲不出来了。母亲沮丧得欲哭无泪,校长想了想说:"我们还是去县城,你不讲,也听听别人讲。"说着,校长把母亲放在自行车后座上,一路骑行去了涟水县城,在演讲大会的舞台下,当了一整天听众。

一个多月后,母亲的嗓子才恢复正常。她还没来得及为这事高兴,一场大祸便猝不及防地从天而降。

那天,家里突然来了几个兵丁,说是县政府的人,要找薛兰荣。外公见状迎上去说:"我就是。"

来人说:"你被人告了通匪,现在就跟我们去县府。"

外公大惊失色,连说:"我没通匪,你们抓错人了。"

来人说:"我们奉命而来,抓的就是你,错没错,你自己到县里去说。"

一条绳子，不由分说便捆上了外公，外公乱哄哄地就被带走了。

自从上次大舅被绑，外公给土匪缴纳赎金用光了家底，家道十分艰难。为了抗匪自保，外公费尽心力用尽财力，组织起村民联防，日子已到捉襟见肘的地步。忽然一顶"通匪"的帽子扣到头上，莫名其妙被抓走，这对一辈子安分守己的外婆孙增修和三个孩子，不啻晴天霹雳、天塌地陷，日子一下子走到了尽头。

外婆不识字，县城又那么远，她只好托镇上的亲戚去县里打听，外公被抓到底是怎么回事。不久，回音来了。

就是母亲要去县城演讲的头天晚上，土匪来袭，被外公和镇民的呐喊吓退了。不久，就有人举报，说是发现土匪踪迹——就在土匪败退的路上，有一行鲜明的脚印，是铜钱牌水靴的鞋印。这双水靴，全镇只有薛兰荣有，故而断定，那天晚上来袭的土匪之一就是薛兰荣。

兵丁来家捕人，还真发现了那双水靴，一并拿去县里，"铁证如山"，通匪"板上钉钉"。

外婆这才明白原委。

天大的冤枉，外公明明是提枪追赶逃离的土匪，才留下那一行脚印的，怎么倒成了为匪的证据。可是，那晚追赶土匪只是外公一人，并无旁证，任是说破大天，也不能让外公获释。

这是一件蹊跷的案子，很多年后母亲回忆说，只有一个可能——那晚来袭的土匪里,有对我们镇子知根知底的人,看见外公领头反抗又穷追不舍,于是动了除掉外公的心,这才诬陷举报,致外公下狱。

外公关在县大狱,条件恶劣透顶,号子里超员羁押,人挨人挤成一堆,坐不能坐睡不能睡,闷热潮湿,臭气熏天,一分钟如同一年那么漫长,每分钟都像在地狱里煎熬。几个星期下来,外公精神和体力都到了极限,眼看就撑不住了。

外婆先是去当铺,典当了家中所有值些钱的东西,再拿着现钱,到县大狱找到狱卒,买了一个监房里的"吊铺"——一个悬挂在墙上的、一人高处的木板,外公可以睡到半空,免去挤在地面人群中的苦楚,让他能在这骇人的地狱里多撑些日子;然后,她发挥被压抑的敢作敢为的天性,领着年幼的儿子女儿,沿着镇子的小街,挨家挨户下跪磕头、苦苦哀求,请大家跟着她,一起去县府为被诬陷的丈夫喊冤。

外婆此举,在小镇上历史上可谓震古烁今、感天动地。上百个被外婆感动得不能自已的镇民跟着外婆,步行四十里,来到县府大门口,一起大声鼓噪喊冤。我问过外婆,你们喊冤怎么个喊法? 跟戏里看的那样,用力捶县府门口的一口大鼓吗?

外婆说,我们就是百十来个人站在县府大门口,一边跳脚一边大声喊叫:"冤啊,冤啊!"

结果,真把县长给喊出来了。县长问明原委,说你们先回去,待我查了给你们一个公道。

过了一段时候,外公被放出来,已经走不动路了,外婆带着人去县大狱,用门板把外公抬了回来。自那之后,外公的情绪日益低沉,身体也每况愈下。

不久后的一个晚上,外公喝了几口闷酒,浑身疲乏,早早睡下。半夜,外公醒来,对外婆说:"小罐子妈,我心口闷。"小罐子是舅舅的小名,外公有了儿子后,就这么称呼外婆。

外婆坐起身查看外公,只见他满头是汗,呼吸急促。外婆急忙起身、点灯,再看外公,已经没有了气息。

"小罐子妈,我心口闷",是外公留给这个昏暗人世的唯一遗言。

随后几年时间里,染坊倒闭,十八岁的大舅薛扬声外出谋生;十六岁的大姨薛秀云嫁给了一户徐姓农家;家中只剩下外婆和母亲两人。为了让才十岁出头的母亲有条出路,外婆决定跟一户忠厚老实的人家联姻,把母亲送给这家当"童养媳",对方承诺,把母亲养到成年,再与这家的儿子成婚。

母亲一万个不愿意,被送到那家之后,不吃一口饭,不喝一口水,不说一句话,整整三天三夜,就是沉默地坐着,与这个世界完全隔绝了。

那家主人吓坏了,第四天一大早就把奄奄一息的母亲送还给外婆,说:"这事不成了,再下去,要出人命了。"

看着面无人色、气息奄奄的母亲,外婆大哭一场,说:"好,好,我们死也死在一起。"

母亲告诉过我,那三天她就准备去死,死也不会屈服。

这个十岁的小女孩,靠着自己的倔强,以死抗争,改变了那一个阴暗的人生拐点;但是,日子并没有因此而向好。家里唯一的生活来源就是镇边上的两亩薄地,外婆领着母亲耕种,以此维生。不料,就是这种微薄到仅够糊口的生存来源,还遭到他人的蚕食,日渐萎缩。这个"他人"不是别人,正是外公的亲哥哥,母亲的三伯父。三伯父的地与母亲家的地紧挨着,三伯父每次犁田,都让牵引犁铧的牛往母亲家的地里拐进来一陇,不声不响就把这一陇地犁进了他家的地里,一次又一次,母亲家的地越来越小。直到有一天,忍无可忍的外婆手执菜刀,站立两家田地分界处,对着迎面而来的牛、犁铧和三伯父,凶狠地说:"你敢再犁进来一寸,我就砍断你的牛腿。"三伯父喝住了牛——弟媳妇真玩命了,他害怕了,侵占田地的事件才告终止。

母亲亲历了家道中落,亲见了用菜刀拼命来维系活路的惊魂时刻。贫困中,亲朋间也照样寡凉薄义,危难时,孤儿寡母遭人欺辱,被亲生母亲送出去当童养媳,亲叔伯趁火打劫抢夺田产,都在她心里留下了阴影,而这层她自己或许并不知晓的阴影,不知不觉遮蔽了她的柔软的心田和家庭温情。这家世和世道让她倍觉压抑,此后一生,她对故乡、对老家并无明显眷恋,大概也源于这一段黑暗的经历。她在苍茫混沌的世界里支撑着,盼望着有一天会出现光明。虽然她不知道光明是什么模样,但她确知黑暗是什么状态,母亲跟我说过,那时她虽然年纪很小,但就是觉得这世界太不公平了。

第三章
马来亚　槟城

　　槟城是马来亚第二大城市,父亲二度来到槟城,读完了小学,找到了工作,成了一个大城市的工薪阶层,这已经远远超过他作为佣人的孩子,几年前第一次来到槟城时的期望和想象了。按说,他的人生应该由此踏上坦途,安稳下来。但是,这个十六岁的男孩始料不及的是,对照他在怡保艰难岁月中形成的人生目标,槟城既成就了他也毁灭了他——在这里,他踏上了共产主义的道路。

　　父亲的工作是报社的排字工,是个有文化的产业工人,这几乎是任何第三国际时代的共产主义政党最为优先要发展的对象,他太符合原教旨共产主义革命主力军的理想标准了。只是,他自己并不知晓。

　　六十年后,父亲回忆说:"我很活泼,开始写文章,在报上登豆腐干文章。1936 年开始发表文章,那时才十五六岁。我的第一篇文章标题是'安内攘外',抨击蒋介石'攘外必先安内'的政策,发表在《现代日报》;我还写诗,《死去的河山》是第一首诗,也发表在《现代日报》上,笔名'何苦',有些马来亚老同志至今叫我何苦。我自己也不知道为什么叫'何苦'。"

其实,这个笔名的来源不难推测,何,是他母亲的姓氏,母亲是他在这个世界上唯一的亲人;苦,是他潜意识里对自己十几年身世经历的概括,这个苦,他一直认命地承受着,也许以为人生就是如此这般,熬过了这一段,以后会越来越好。他似乎从来没有放弃过在人生阶梯上,照着社会的既有设定,按部就班向上攀援的理想和志向。革命、造反、杀富济贫、创造公平、推翻现有制度创建新社会这样的念头,一丝一毫也没有闪现过,他从来就不曾憎恨过富人,对马来亚社会体制也没有特别的恶感。但是,他不知道,在另一套意识形态的体系中,他早已是资本主义掘墓人大军中一名合格的战士。只是用那套语系的词汇说,此刻的他,还处于"自在"的阶段,需要用启蒙和教育种种灌输手段,上升成"自为"的阶级觉悟。

其时,马来亚有一个欣欣向荣的政治组织——马来亚共产党。它的前身,是 1926 年由流亡东南亚的中国共产党党员组建的"中国共产党南洋临时委员会"。1927 年,根据共产国际"一国一党"的原则,这个中国共产党的南洋临时委员会改名为"南洋共产党";又过了三年,1930 年 4 月,它再次改造,组建为"马来亚共产党"。至此,它与中国共产党一样，都成了第三国际的一个支部，考虑到它的演变历程和党员来源，共产国际规定马来亚共产党接受中国共产党的"指导"。

与中国有着浓厚到如同一体的血脉渊源，"马来亚共产党"的大部分党员是华人也就不足为奇了。马来亚共产党纲领是推翻英国在马来亚的殖民统治，然而，它对于配合中共在中国的各项政治和军事目标，也有着发自内心的天然冲动。国内第一次大革命失败，国共分裂内战之际，马来亚共产党动员南洋华人华侨青年回国，参加中国工农红军与国民党军作战的年轻人数以千计，广东广西的左右江、海南岛的琼崖支队，都有他们的身影。

马来亚共产党在华人青年中发展新成员可谓不遗余力。

1936年，在报社上班不久的父亲结识了一个新朋友，他是父亲念书的时中小学对面一家糕饼店的老板，叫蔡永添，蔡老板也是个年轻人，是槟城钟灵中学的学生。他主动给父亲看了许多书，父亲记得，他看的第一本书的书名是《中国是怎么降为半殖民地的》。后来，蔡永添给他看的书越来越多，包括艾思奇的《大众哲学》，都是那个时期看的。

蔡永添介绍给父亲的这些统称"进步书籍"的书本，让父亲的思想发生了脱胎换骨的变化。他知道了人类社会有一个由低级阶段向高级阶段发展的必然规律；知道了贯穿其中的每个历史阶段都有对立阶级和阶级斗争，这种斗争是推动人类社会进步的根本动力，知道了自己所属的无产阶级肩负着创造人类新纪元的历史使命。一个十六岁的少年忽然间觉得,自己在世界上可以从事一项神圣的事业,自己的人生也会由此而变得不再平凡。

父亲的这些读后感,让他的新朋友觉得时机到了。

"1937年1月1日,蔡永添跑来问我,要不要去参加一个活动,是个郊游活动,我说去。我们骑自行车去的,一直从城里骑到海边,那个海滨叫新关仔角,有沙滩、椰林、防波堤,还有一个八角亭,那是槟城一个有名的海滨游玩处,逢到节假日,还会有槟城警察局的管乐队在那里演奏助兴。"

2017年2月25日,我站在马来西亚槟城的新关仔角。这是一片新颖的高级海滨,现代建筑风格的五星级宾馆鳞次栉比;晴空万里,洁白的沙滩依贴着蓝色的海水,蜿蜒着伸展到远方。经过大规模的翻建整治,海滩面貌与父亲的记忆已无共同之处,只有那一排望不到边的修长高耸的绿色椰林还是八十年前的,它们曾目睹还是少年的父亲骑着自行车来到树下,从这里出发,走上了一条再也没有回还的人生之路。

"那天是元旦,我们十几个年轻人在那里玩到下午,开了一个座谈会,主题是谈时事。那是抗战爆发前夕,中国形势危急,东北、华北都落入日本人手里,再下去中国要亡了。大家情绪都很激动,我在会上发言,说了自己的看法,一定要抗击日本帝国主义的侵略。他们大多数人虽然不认识我,但都看过我在报纸上发表的文章,所以,把我列为了发展对象,邀请我来参加这次活动,也算是一次实际考察。"父亲在哈尔滨对我回忆道。

后来父亲才知道,蔡老板所在的槟城钟灵中学,是一所"革命摇篮"。马共和中共都有党员在这所学校中积极活动,并且培养出一批革命骨干,很多回到中国加入中共夺取政权的斗争,还有人成了开国将军,比如后来成为广州军区政治部主任的陈青山少将。年轻的蔡老板,就是负有发展革命力量使命的马来亚共产党秘密工作者。

参加活动回来,蔡永添问父亲,要不要参加组织,做一些实事。父亲说要,要参加。趁热打铁,当天晚上,蔡永添就介绍了一个人来与父亲结识,这人叫陈文庆,也在报上发表文章,笔名陈凌。陈文庆与父亲一见面、一开聊,就非常投机,都有相见恨晚的感觉。陈文庆要父亲先参加一个"槟城青年联合会"的组织,告诉父亲,这是一个秘密组织,对外不公开的。这个"青年联合会"是马来亚共产党的一个外围组织,当时,这样的外围组织还有"工人联合会""妇女联合会"等等,都处在秘密状态。

既然参加了组织,就要参加组织的行动。父亲参加"槟城青年联合会"后的第一次行动,颇有教科书般的革命程式意味:找来一些红红绿绿的纸张,写上"打倒帝国主义"的字样,做成标语,乘着夜色掩护,避开行人耳目,把标语贴到槟城市区沿街的墙壁上、店铺门板上以及电线杆上。

这样,父亲就"参加革命"了,而且,是中国共产党执政后承认的革命资历。

"我参加革命就从1937年1月1日第一次参加郊游活动那天算起,按照国内革命资历的算法,1937年七七事变之前参加革命,就算是红军时期的干部,我现在享受的红军待遇,就是这么来的。"父亲1995年对我说。

第四章
中国　苏北

到了 1938 年,母亲十三岁,天下大势已经大变:日军占领了中华民国首都南京,政府军往内地溃败;苏北成了沦陷区。日军一边派主力向中国腹地攻击前进,一边对身后的占领区进行"扫荡",巩固后方。下乡的日军见人就杀、见房就烧、见女人就抓。外婆把母亲的脸用锅底灰涂黑了,成天"跑反"。

所谓"跑反",就是村民们一听到鬼子又要下乡,即刻跑出村子,躲进芦苇荡、躲进青纱帐,一躲一整天,直到天黑透了,鬼子收兵回营,才敢回家。

跑到最后,母亲连晚上回去的地方也没有了,在一次"跑反"终了,母亲家的两间房子被日军一把火烧为平地。这个世界上最后的落脚地也没有了,本来,外公去世后,这个家已经名存实亡,现在,看着冒着刺鼻黑烟的废墟,母亲心里就一句话:再也没有家了。

由"西安事变"而绝处逢生的红军改编的八路军黄克诚部，在那一年从被围困的陕北解脱，从局促逼仄的偏僻西北出发，一路东进南下，千里迢迢来到苏北，在广袤的江淮平原上招兵买马、扩大部队。这是中国共产党绝处逢生后，在抗战洪流中向日军占领区迅猛扩张势力的一个组成步骤。像黄克诚部一样，从西北出发向全国扩张的的共产党部队还有很多，这是一个全国性的扩张战略，共产党以外的中国人，要很久以后才知道——经此一举，中国共产党夺取全国政权就不可避免、无法抗拒了。

十三岁的母亲看着在家门口街道上的八路军宣传队宣传抗击日本侵略、动员乡民入伍参军，与她年纪相仿的年轻女兵载歌载舞、鲜活生动，散发着来自另外一个世界的光辉。

青天呀蓝天这样蓝蓝的天，

这是什么人的队伍上前线？

叫声呀老乡听分明，

这就是那抗日救国的八路军……

她们优美的歌声如同天籁之音，飘进母亲干涸的心田，母亲的心刹那间苏醒过来。她发现，在这个世界上有一个容身之处，有一个新的家，就在这一瞬间，她认定，她的新家就是这支容貌明亮、朝气蓬勃的军队。

这是一个突兀的认定。因为，这种政治色彩的举止和行动，在母亲短短的少年时代并非第一次所见，也不是从未参与过。前面说到的那位小学校长，就曾带领他们参加过更为激烈的政治行动。校长他们那一批青年人，目睹辛亥以来国势日益颓败、民族日益沉沦，他们在南京接受完师范教育后，立志以教育救国，培养一代新国民，从根本上拯救国家。他们离开繁华的中华民国首都南京，来到苏北贫瘠的大地上，创办新学校，招收农家子弟，灌输新思想，培养新人类。

校长曾带着母亲他们这样十来岁的小学生，挨家挨户地强迫农家给缠足妇女放开小脚，由此实行妇女解放；也曾领着小学生，砸烂大大小小庙宇里的彩绘泥塑菩萨，烧毁各式各样的经书典籍，以此震撼乡民，破除迷信，解放思想；他们奔走宣传，召开演讲会，让大家相信唯有三民主义才能救中国。1936 年"西安事变"和平解决后，校长还带领着他的学生游行，沿街欢呼"庆祝蒋委员长脱险"。现代政治以如此面目，进入过母亲的少年时代。

与此平行，从 1927 年大革命失败，苏北地区的共产党也一直没有停止过抵抗。他们执行着秘密隐居于上海的党中央的指令，不止一次地举行过武装暴动，虽然每次暴动的结果，都是身首异地的失败。2012 年春天，在苏北的一个县级革命历史博物馆里，我看见过这样的老照片：被砍头的共产党员横尸地上，他的头颅被放在他自己的脚上，画面诡异而恐怖。母亲告诉过我，那时是党史上称的"立三路线"时期,暴动不断,牺牲不断,转入地下的共产党一直没有停止过反抗。母亲的家也曾是地下党的一个落脚点,建国后任上海市副市长的李干成那时是个地下党员,母亲的家就是他经常藏身的落脚之处,他称呼我外婆"五嫂"。李干成有个儿子,与我同年,后来担任过中华人民共和国副主席。

在那个政治势力犬牙交错的时代,母亲的家乡是个"拉锯"地区,母亲受到的政治影响,也呈现出国共两党叠加的双重色彩。我问过母亲,为什么她不选执政掌权的正统的国民党,而一上来就认定在野的共产党是自己的家?母亲讲过一个匪夷所思的理由。

她两三岁时,搬着一个小板凳蹒跚走出家门,走到门外小街中央,突然一匹高头大马呼啸而至,眼看就要踏踩到母亲幼小的身躯上,马上人一提缰绳,快马从母亲头上呼啸而过,疾驰而去。母亲因此吓倒,高烧不退,大病一场。家人告诉母亲,这是政府下乡来收税官员的大马。母亲说,她从此对政府没有好感,觉得政府是个仗势欺人的东西。其实,这是一般人对政府税收的天然抗拒,无分朝代和国度,甚至连名列美国开国三杰的本杰明·富兰克林都说过"人生在世唯有死亡和纳税不可避免"这样对政府课税的讥嘲。不过我相信,后来外公吃的冤枉官司并由此引发的外公去世、家道中落,母亲的生活从此陷入难以解脱的困境,应该是母亲对现任政府怨恨,并由此导出世道不公的更直接的原因。

写到这里，我发现，与父亲直接由共产党用革命理论启发诱导，从而"参加革命"不同，母亲是先对现任政府不满，而后发现有另外一种政治组织——共产党，可以帮助她获取人生幸福，进而"参加革命"。

这个不同，具有普世意义：这大致是20世纪共产主义革命席卷全球时，普通民众成为革命者的两种主要方式和路径。

母亲先有了对现任政府的强烈不满，她一见到截然不同的八路军，立即心向往之，当天就要跟着宣传队离家出走，她要成为她们中的一员，她要变成她们。母亲说，那次队伍的扩招，是要去延安的。宣传队的歌舞告诉大家，延安是一个圣地，那里的人们生活在明朗的天空下，沐浴着民主政府的阳光，呼吸着自由的空气，快乐而充满希望。

母亲的决定，对外婆而言就是天塌地陷，世界末日。她身边只有这么一个女儿了，才十三岁，居然要去恍如另外一个国度那么遥远的延安。外婆以死相拼，不放母亲走，她躺在地上放声嚎哭、满地打滚，几近昏厥。最终，十三岁的小女孩屈服了，眼看着扩招的宣传队离去，自己依然留在偏僻的小镇上，捱过孤独的时光。

直到有一天，外出很久的大哥薛扬声回来了。大哥骑着一匹马，腰系武装带，挎着盒子枪，英武、自信。他在外出期间加入了共产党，还成了一个区中队的中队长。看着家中的破败，他很快说通了外婆，带着欢欣鼓舞的小妹妹离开家，"参加革命"去了。那年，母亲十五岁。

大舅薛扬声把母亲送到苏北"淮海干校"学习。经过网上查询，时间与地点和这个学校最为吻合的，是"淮海军政干部学校"，应该是短期培训刚刚"参加革命"的基层人员的机构。说它是短期，因为母亲在这所学校里一共只学习了两个月。但这两个月内，却发生了一件影响她整个人生的大事。

母亲发现，她的同学中有几个人表现反常，过两天就会摸摸鼻子、挤挤眼睛，然后鬼鬼祟祟地出去。小孩子好奇心强，有一次就悄悄跟在他们后面，终于发现他们几个在一个草长及腰的草窝子里围坐下来，好像在开什么会。母亲大刺刺地走过去，也坐下。人家说，我们开会，你不能参加。母亲说，我为什么不能参加？人家终于说，这是党员会议，你不是党员。

那时，新四军中的共产党员还是秘密身份，不公开。

母亲奇怪了，说："我都参加革命了，怎么还不是党员？"

大家都笑翻了。

由此，干校的党组织特地派了一个党员做她的介绍人，介绍人给母亲做党建知识普及，让她知道了共产党的基本架构、党的最低纲领和最高纲领、入党的程序和手续。母亲还记得介绍人说："我们是布尔什维克。"然后扯着自己的袖子跟母亲解释道，"就是好布，还有一个孟什维克，是坏布。"最后，介绍人问母亲："你为什么入党？"

母亲答："抗日,打鬼子。"

问:"鬼子打走了以后,你想做什么?"

母亲说:"不回家,跟着党。"

显然,母亲的入党动机得到了组织认可,不久,她就被批准入党了。党组织对她的要求是,现在你是共产党员了,你要做到十六个字,平时就是"吃苦在前,享受在后";战时就是"冲锋在前,撤退在后"。这十六个字就此跟随了她一生。

由于母亲才十五岁,不够党员的法定年龄,称作青年党员,满十八岁,才有党内选举权和被选举权。

两个月后,母亲被分配到共产党执政的涟水县政府宣传科,当上了宣传员,这正是两年前让母亲神往而羡慕的工作,母亲美梦成真。母亲每天实际的工作是组织全县各乡各村的儿童,教他们唱抗战歌曲、喊抗战口号,进而把他们组织起来,成立儿童团,协助各乡各村的大人,站岗放哨、查验路条,遇到正规部队路过,也去给战士们唱歌跳舞、慰问演出。"我就是个孩子王,连军装都没有,还穿着自己家的衣服。"母亲回忆起来,笑嘻嘻地说。

要不,县政府给一个十五岁的小丫头还能安排什么工作呢?

不过对母亲而言,一个崭新的世界就此展开。她再也不用涂黑了脸跟着外婆"跑反"躲避日本兵了,再也不用弯着腰一颗汗珠摔八瓣地在田里干农活了,再也不用蜷缩在黑漆漆的灶台边烟熏火燎地煮饭做菜了。她吃的是公家饭，住的是集体宿舍，天天外出忙的是社会性事务，她乐此不疲、精力无穷。与其说，母亲是因为参加了抗战大业而欣喜，不如说，她是为过上了这种女性独立的、自由自主的生活方式而欢乐。用后世的眼光看，她是个天生的女权主义者，她要的就是宽广的天地、自由的驰骋，只要能远离一家一户小日子的束缚，她就生机无穷、活力无限、创意无尽。

不久，母亲被县政府选派去位于苏北盐城的抗日军政大学五分校，成为一名正式学员，也成了新四军一名正式士兵。发下来的军装没有她这么小号的，她自己动手裁剪掉过膝部分。穿着崭新的灰布军装，唱着"黄河之滨结合着一群中华民族优秀的子孙，人类的解放，救国的责任，全靠我们自己来完成"的校歌，走在生平见过的第一座大城市——盐城的大街上，母亲内心铺满了辉煌的光芒，也从此走上了一条再也无法回头的人生之路。

七十七年之后，2017年4月26日，我站在盐城抗大五分校旧址——盐城中学校园深处的一座柠檬黄色的楼房前，仲春时节，阳光像绸缎一样顺滑，小楼四周百花盛开，散发着让人眩晕的花香，蜜蜂嗡嗡地穿行其中，在空气中播撒着催眠般的静谧。小楼被明媚的阳光雕镂，犹如一具模型，精致、安详、穿越时空，遗世而立。

在那天的微信朋友圈里，我在小楼的照片下写道：

盐城,抗大五分校,成立于 1940 年 11 月,母亲在这里学习三个月。七十年后她还记得刘少奇、陈毅、邓子恢都来上过课。我在旧址漫步,想象着那个十五岁的少女怎么怀抱对新世界的憧憬,完成从平民到军人的转变。

抗日军政大学第五分校设在盐城中学"正北楼",1940 年 12 月 1 日,陈毅签署的招生启事发布,正招生中,"皖南事变"爆发,新四军军部九千人在安徽被国民党军八万人包围后歼灭,军长叶挺被捕,政委项英被杀;随即,延安的中共中央命令苏北盐城的新四军重建军部,陈毅为代军长,刘少奇任政委。刚成立的抗大五分校于是直属重建的新四军军部,陈毅兼任了五分校的校长和政委。

这所学校,史称"军部抗大五分校",以区分于后来沿革的诸多分校。"军部抗大五分校"共举办两期,学员 3004 人,毕业学员 2519 人。学员一部分为连、营级干部,少部分为团级干部,大部分是从本地和上海、杭州等沦陷日军之手的大城市来的知识青年。学员一共编为五个大队,其中第五大队是女生队,母亲就在这支女生队中。

从十五岁开始,母亲历经长达十三年的军旅生涯、战争岁月,给她留下最为欢乐和轻快记忆的,大多汇集在"军部抗大五分校"的那几个月中。对她来说,五分校、女生队如同爱丽丝漫游的仙境,在她青涩的人生中,展开了瑰丽而神奇的画卷。

给他们讲课的刘少奇、陈毅等人，在当时还没有十几年后国家主席、外交部长的光环，他们粗衣布鞋、不修边幅，对着席地而坐的年轻学员们谈笑风生；邓子恢讲课讲热了，一手解开裤带，一手举着蒲扇，朝着松开的裤腰里扇风，母亲和女生队同学一个个低下头，捂嘴偷笑。

　　开学典礼上，刘少奇的致辞让他们惊喜而振奋："抗日军政大学是为部队培养骨干的，你们都是各部队选送的优秀干部和老战士，毕业后就是一名大学生了，就是部队的基层领导和骨干了，你们学习很重要，任务也是很艰巨的，希望大家努力学习，刻苦钻研，尽快地提高自己的政治水平和军事技术水平，为打败日本侵略者而英勇奋斗！"其后，他几次来校，讲解他的著作《论共产党员修养》。

　　抗大的理论课程有哲学、政治经济学概论、社会发展史、中国革命问题、妇女解放运动……林林总总，方方面面，这些年纪大他们二三十岁的共产党前辈，深入浅出地向他们灌输了共产主义意识形态的各个组成部分，重塑他们的思维，进而构建他们全新的信仰。

　　跟远在马来亚的父亲一样，还是少女的母亲，知道了人类社会有一个由低级阶段向高级阶段发展的规律，我们共产党人就是掌握了这种规律，从而自觉推动人类历史发展的一个先锋队；能够加入这个队伍，创造全世界全人类的光明未来，人生没有比这更为辉煌更为壮丽的了。

父亲和母亲,这两个出生在20世纪20年代的年轻人,相隔千里万里、重洋高山,却在相近的时段上,浸礼了完全相同的现代西方激进社会思潮、树立了完全相同的人生信仰、投身到完全相同的社会革命之中。1848年问世的《共产党宣言》所发端的国际共产主义运动,已成席卷全球的蔚然大观,洪流所到之处,在同一教义的号角声中,国界藩篱一扫而光,文化差异荡然无存,完全不同的个体,由此走上了相同的人生道路。

　　在这里,母亲的个人理想也变得明晰了:抗战胜利后,就到那个工人农民当家作主的人间天堂——苏联——去读书学习,学成回来,建设一个富强的、再不被人欺负的新中国。为此,她跟另一位有着同样理想的孙姓女同学一起改名,把“苏联”两字一人分一个,女同学改成孙苏,母亲改成薛联。

　　薛联这个名字,从此伴随了母亲一生,直到铭刻在她的墓碑上。

　　苏联,则在1991年——母亲去世前二十六年——轰然坍塌,烟消云散。

　　薛联,则终其一生,都没有去过苏联。

　　薛联是党员,入学后即被任命为女生队的一名班长,在军事训练“夜间警戒”科目时,她的女生班夜间哨兵,被男生队的学员轻易就“摸”掉了。一到天亮,她就愁眉苦脸地到队部去领回被抓走的女同学。女生队的指导员叫张西蕾,是中共早期烈士张太雷的女儿,短发短枪、英姿飒爽,是薛联的榜样。一而再、再而三地在榜样面前以失败的姿态出现,让薛联不能忍受。她跟班里同学设计,让哨兵当钓饵,整个班彻夜不眠,埋伏在哨兵周围。终于,这群女生捕获了前来偷袭的男生,也让男生队天亮后到女生队来领取俘虏。

这种童子军夏令营式的欢乐日子持续不到两个月,日军的"大扫荡"就开始了。日军集中一万七千兵力直扑盐城,意图一举扑杀新四军首脑机关。军部已经率先转移,随后,抗大五分校副校长洪学智带着全体学员撤退,避开日军锋芒,躲过"大扫荡"。

有洪学智带领,既是这一期学员的幸运,也是偶然。

1940 年 11 月,洪学智在山西任抗大总校副教育长,受命带领二百人到安徽皖南的新四军军部组建抗大分部。才走到山东微山湖畔,就传来新四军军部被全歼的噩耗,目的地不复存在,他们只能就地待命,直到中央命令他们转进苏北,到重建的新四军军部与五分校会合,他出任副校长。

撤退途中的一个晚上,队伍要在一个村庄宿营,洪学智观察了四周,要部队立即出庄、野外宿营。累得东倒西歪的学员巴不得立即倒下睡觉,谁都不想动,洪学智下了死命令,绝对不能在村里睡觉。

第二天,在野外宿营的部队得到消息,日军拂晓时分突袭了那个村庄。整个大队都倒抽了一口冷气。很多年以后,母亲说:"幸亏带队的是长征过来的老红军,有战争经验,否则那一晚,我们全部报销了。"

为尽快摆脱日军的追击,部队一直强行军,学员们精疲力竭,女生队的学员更是到了体力的极限。薛联背上撂着三四个背包,都是那些再也走不动的女生的。"我是党员又是班长,就要替她们背。"

让她难堪的是,宿营一夜,早上起床发现班里的学员少了——实在撑不住的女生干脆不辞而别。她苦着脸,到大队部报告减员损失,并保证不让"开小差"事件再次发生。她想了个办法,晚上睡觉就搬个长板凳横在屋门口,自己和衣睡在长凳上,堵住房门,这样总没人能逃走了。然而天一亮,班里又有人不见了。

"我不知道她们是从凳子下面钻出去的,还是从我身上跨过去的,我那时候年纪小,又累,睡得比别人沉。"母亲很多年后释然地说,"也真是太苦了,又危险,她们就跑回家去了。我为什么不跑?部队就是我的家,我还往哪跑。"

在战火中穿行了两个月,终于度过了险象环生的反"扫荡",这一期抗大学习也到了结业的时候。临到要分配工作了,指导员张西蕾询问薛联的工作意向,她直愣愣地说:"我要像你一样,当指导员。"说得张西蕾都笑出了声。母亲晚年还说过:"我那时候小孩子一个,什么事情都不懂,哪有张口要当指导员的? 我就是看着她飒爽英姿威风凛凛,想成为她那样的女战士。"

张西蕾耐心地解释道:"你们这一批女生的工作分配有两个方向,一个是当机要员,以后进入首脑机关跟随首长一起行动;一个是去新四军卫生学校继续学习,以后当军医。"她想都没想,说:"我要当军医。"

我问过母亲,为什么这么快就做了决定,是因为对行医情有独钟吗? 母亲的理由很别致:"当机要员,跟首长成天在一起,不就是跟一帮老头子成天在一起吗? 我不干。"

2017 年 4 月 26 日,我走进盐城的泰山庙——皖南事变后新四军重建军部的旧址。这是一座明代建筑,青砖黑瓦,圆木廊柱,四进院落,宽敞而规整。1941 年 2 月,重建的军部就设在这里,到了 7 月,日军大扫荡,军部迅疾撤走,泰山庙就在日军的轰炸和焚烧下毁掉了。直到 1985 年才依照当年原样重建起来,成为全国重点文物保护单位和爱国主义教育基地。

第二进院落的左厢房,门上的标牌是"机要室",走进去看展板上的说明,这里当年住着的是一群女兵,她们的名字也写在展板上,我看到了熟悉的名字:"楚青""谢志成",都是当年的机要员。我忽然想到,要是母亲那年分配工作时选择了当机要员,她很可能也住进这间左厢房。

现在已经查不到 1941 年的新四军卫生学校的遗址何处了。但是,这个学校有一位有名的教员,让这所消失了七十多年的新四军卫校依然有踪迹可寻。

1903 年,远隔万里的欧洲,奥地利莱姆贝格小城,有个名叫雅各布·罗森费尔德的犹太青年出生了。1928 年,他毕业于维也纳大学医学院,拿到了博士学位,成为一名医生。素怀救民之志的他参加了当时的反帝运动。1938 年,纳粹德国占领奥地利,他作为"不可靠分子"被投入集中营,关押期间,他的肋骨被打断,牙齿被打折;一年后,他被判驱逐出境,永远不得回国。无路可走的他来到了当时世界上唯一接纳犹太人的大城市上海,凭借自己的泌尿科和妇科专长开设了一家诊所,躲过纳粹种族灭绝的劫难。在这里,他遇到了正在为新四军收罗医学人才的新四军卫生部长沈其震,他们一拍即合。罗森费尔德离开上海,来到苏北盐城的新四军军部,陈毅专门给他召开了欢迎大会,从此他成了一名新四军军人。在他的帮助下创办起的"新四军华中卫生学校",为部队培养了大批医务工作者,以敷战争之需。

母亲说,她在卫校的老师是个大鼻子欧洲人,叫罗生特。"罗生特"这个名字,就是沈其震以"罗森费尔德"原名的谐音起的中文名字。罗生特给她们上课,要通过沈其震翻译。

小时候,我曾经见过母亲那个时候的学习笔记本,几十年时光褪洗,纸张泛黄的本子里,有母亲画的人体器官的解剖图,笔触细致准确,边上有中英双语标注器官的名称。

那个场景显而易见:罗生特站在黑板前,一边画图一边讲课,沈其震再把英文翻译成中文写在黑板上。母亲和同学们对着黑板上罗生特画的图和写下的英文,连同沈其震译成的中文,依样画葫芦,全盘记录在笔记本上。

让我印象深刻的是,笔记本里有一丝不苟地画下的男性生殖器的解剖图,它出自一个苏北小镇少女之手,这在当时无疑是惊世骇俗之举。但是,母亲笔触稳定,画面透着一种超然物外的沉静,显示出一种现代科学特有的精确。

母亲在新四军卫校进修了六个月,通过欧洲人面对面直接传授的现代医学,她的精神从苏北小镇一步跨出,走进了以实证科学为基础的西方文明之中。在希波克拉底誓言和南丁格尔精神的底色上,她从此以救死扶伤为己任,一辈子都认为自己"首先是个医生"。

母亲的老师——奥地利医生罗生特——后来一直活跃在中国共产党的军队中,陈毅介绍他加入中国共产党,罗荣桓任命他担任东北野战军一纵队卫生部长,这是个师级职位,他成了解放军中最高军职的西方人。他在中国战场上穿行九年,经他手救治中国军民数以万计。直到中华人民共和国建立,他离开中国,计划去欧洲领回他的未婚妻,再一起回中国。

不料冷战爆发,东西方对峙,铁幕垂下,罗生特申请来中国的签证一再被中国驻外大使馆拒绝。他于 1952 年客死以色列,身后凄凉。

　　毕业后,母亲被分配到新四军一师后方医院二队任医务员。经过近一年的西方激进社会主义思潮的灌输和西方实证主义科学的教育,走出校门、踏入军队时她已经脱胎换骨,再也不是那个在小镇沉闷岁月中倔强而压抑地生活着的少女薛秀珍了。如今,她目光超越祖祖辈辈生活在苏北土地上的前人,她有了信仰、有了目标,她是要为信仰和目标去奋斗的薛联了。

　　那年她十六岁。

第五章
马来亚　槟城　怡保

父亲郭永绵的革命生涯就此开始。

元旦聚会后几个月,他的联络人陈文庆对他说,你是工人,你转入"工人联合会"更合适。于是,他在组织的安排下,进入同为马共所属的秘密组织"工人联合会"。

"工联会"的领导人叫李诚,是马共党员,他看郭永绵是印刷工人,便指派他把印刷工人组织起来。最便捷的方法,就是组织工会。很快,郭永绵了解到,十几年前槟城的印刷工人有过工会,后来因为罢工被英国当局勒令解散了。多年来,印刷工人无组织无力量,任资方摆布,那些有过工会经历的工人愤愤不平。父亲找到他们,一经动员,一拍即合,工人们纷纷要求再组织工会。接着由郭永绵出面,成立一个公开的"槟城印刷工人联合会筹备处",拟定章程,到槟城市政府社团处登记注册。注册官员是个华人,他收下了章程和申请书,就再无下文,后来,懂门道的工人告诉郭永绵,办事要花钱的。郭永绵拿着一个塞满钱的信封,不动声色地递给那个华人官员,还真灵,当天就批下来了。于是,工会会员们捐款,租下了一间民房作为办公室,门外挂起亮堂堂的工会牌子。

"从此,我们就有阵地了。"父亲兴奋地说。

这是一种典型的第三国际工人运动的运作架构。

秘密的马来亚共产党领导秘密的"槟城工人联合会",秘密的"槟城工人联合会"领导公开的"槟城印刷工人工会",所有的宣传、筹款、示威、抗争等社会运动都由公开合法的工会出面;一波接一波的革命运动,就在秘密党组织的领导下,让工人以公开的面目展开了。

那个时段的马共基本由华人组成,而他们的祖国正面临被日本人亡国灭种的危机,所以,那个时段的革命运动,几乎全都集中到支援国内抗战的焦点上来。

郭永绵等人组织起歌咏队、演剧队,唱抗日歌曲,演抗日戏剧,他们唱着《义勇军进行曲》《八百壮士》《旗正飘飘》《救国军歌》《毕业歌》,走向街头和郊区,由此募集各界捐款,送到国内。"我们不说是送给共产党,只说是送给八路军新四军。"

我很好奇:远在海外,他们纵情歌唱的这些歌曲都是从哪里弄到的?

"中国国内的进步书店出的书和歌本,流传到当地的很多。"父亲回忆道。

那时候,只要国内发生一次事变,槟城的华人就会产生一次震动,连全面抗战爆发前傅作义收复百灵庙之战,都会在当地引起热烈反响,华人们上街游行、放鞭炮、欣喜若狂。就这样,借着抗战风潮,马来亚共产党在当地的组织和动员能力逐渐成了气候。

那时,郭永绵还算是业余闹革命,他必须做一份工作养活自己,然后才能参与革命。他白天在"万金油大王"胡文虎办的《星槟日报》上班,做排字工,下班后闹革命;晚上到定点的书店借阅进步书籍,《西行漫记》就是那个时候看的。

后来,郭永绵失业了,没有了收入,槟城待不住,只好回到老家怡保,在怡保的《中华晨报》当排字工,他的革命活动也就转到了怡保。

怡保的马共活动也很活跃,公开的组织有"各界抗敌后援会"和"工界抗敌后援会",领导人是马共怡保区常委宣传部长伍添旺,公开身份是教员。伍添旺不出面,单线与父亲联系,直接布置每月的宣传内容和行动方案。这时的郭永绵,已经是有一年革命资历的革命者了,他很快就组织了一个叫"工余"的剧团,排演过多幕剧《八百壮士》和独幕剧《三江好》,继续他的抗日宣传。剧团是当地马共的对外活动主要方式,除了郭永绵的"工余"剧团,还有"学余""励青"两个剧团。按照马共怡保区委的指示,三个剧团合并成一个,叫作"新生剧团",郭永绵任剧团常委。他们租了房子,成为常年活动的公开据点。

随着抗战形势的日益尖锐,他们的常年活动也由文质彬彬的演出宣传,逐渐走向抵制日货的激烈抗争。郭永绵的举止,也由文艺青年式的浪漫演出,朝着抗争的暴力行动演进。

当国内抵制日货作为全国运动展开时,风潮也照例席卷了马来亚。郭永绵原先在槟城的组织"工抗"领导人是李诚,郭永绵离开槟城不久,槟城"工抗"的抵制日货就迅疾展开了。"工抗"抵制的流程是这样的:遇到贩卖日货的商家,他们先是警告,若不见效,他们就用纸包上沥青,骑自行车来到商家门口,把沥青包扔到商家招牌上,这样人人都知道这家卖日货,这家的生意就坏掉了。如果还不见效,这家继续卖日货,他们就使用暴力:把店里的日本丝裤拉出来烧掉,躲在僻静处抓住老板,用锋利的剃刀割去老板的耳朵。

郭永绵在怡保,也领导着一个有五名成员的抵制日货小组。怡保小组的做法虽然没有槟城李诚他们那么激进暴烈,但也不遑多让,终至出了大事。

有一次,一个怡保商人进口中国东北的大米到本地销售,在对日货的认定上,抵制日货的怡保小组和商人产生了分歧。怡保小组认定东北已被日寇占领,东北大米就是日本货,不得销售。老板不从,于是小组成员一拥而上,冲进店里,不再废话,直接把这一批东北大米拉出来,当街烧掉。

到了这一步,整个行动涉嫌暴力、变得非法了。怡保警察局的密探盯着小组已经多时,这时也一拥而上,把现场的小组成员悉数逮捕,关进怡保警察局。

郭永绵是整个小组的幕后领导,小组成员被捕,上级命令他营救,他自然是义不容辞,急切前往。营救的方式是发动大批群众包围警察局,集会示威、聚众抗议、高呼口号,要求警察局释放被捕的小组成员。

一时间,怡保警察局门口人潮汹涌、吼声震天。在人潮和声浪中,郭永绵挺身而出,在现场发表演说,慷慨激烈地鼓动示威者营救同胞,抗争到底。他像大潮中的一只小船,在狂风恶浪中载浮载沉。

毕竟是个不满十八周岁的小青年,是没有受过任何"飞行集会"训练的业余革命者。郭永绵不知道,在他发表演说时,就已经被密探盯上,他刚刚走出人群,就被几个密探抓获,迅速铐上手铐,熟练地带离现场。潮水般汹涌的抗议人群甚至没人发现他的被捕,他就被扔进了怡保警察局的看守所。

2017 年 4 月 25 日,我站在怡保警察局外。这是一座白色的大型建筑,立方体的楼面,雕饰得如同泰姬陵般的华丽,在阳光下熠熠生辉。

我走到警察局大门口,向门卫室里的警察提出要求:"我想查阅 1938 年我父亲被抓进这里来时的档案记录。"

门卫室里的年轻警察一脸诧异,重复着:"1938 年?"

"对,七十九年前。"

他想了想,还是温顺地拿起来电话,拨通了他的上级。少顷,他转过头来,和颜悦色地对我说:"你进去吧,一直往里走,最里面的一个小楼,上到三楼,有人接待你。"

怡保警察局的院落巨大,从大门口走到小楼足有几百米,道路两边种着叫不出名字的热带植物,恍如一座经营得当的植物园。小楼全原色水泥构建,灰中泛白,浑然结实,透着堡垒的坚固和森严。

在这座巨大的院落里,只有这栋小楼是七十九年前唯一的旧物。我现在走着的这一段路,七十九年前父亲也走过。我探寻地走着,一步一步,想象着父亲那时的状态:他事先应该没有被拘捕的准备,他以为人多势众、群情激奋、喊声震天,他们的力量能让对手屈服。这种广场示威的集会效应,会让参与者产生成倍放大的力量感和自信心,他没有地下斗争的经验和训练,还不是一个职业革命者,他不知道这是一种心理错觉,被虚幻的强大感给蒙蔽了。他只是一个不满十八岁的排字工人,误判了形势和对手。

而他的对手这种场面见多了,按照苏格兰场式的常规操作流程,经验丰富、行事缜密的英国密探就能在人群中发现煽动者、确认领头人,就能在不惊动示威群众的情况下,实施猝不及防的拘捕。

父亲生平第一次戴上手铐,那种失去自由、被人控制的冰冷感,会在全身渗透蔓延吗?被英国密探押着,朝着小楼走去的时候,步履会有慌乱的虚浮吗?他没有完成营救任务,反而连自己也搭进去了,怎么办,怎么办?

我走进了小楼,按照指示沿着水泥楼梯上到三楼,只见一字排开的办公桌旁坐满了正在办公的警察。正前方有一个高台,上面也是一张办公桌,端坐着一个中年女警,穿着黑色警服,面无表情地俯视着整个办公区域,显然是最高长官。

女长官显然已经接到门卫的报告,她看着我,等着我发问。

我又重复了一遍:"1938年,我父亲在怡保警察局门外被捕,作为政治犯抓进来,关在此地,我想查阅父亲当时拘捕在这里的档案资料。"我提供了父亲的姓名和年龄。

女长官想了想,用带口音的英语说:"我们这里肯定没有那时的资料。因为在那几年后,这里就被日军占领,占领期间,日军销毁了所有资料。"

我说:"整个马来西亚都没有那时的资料可查了吗?"

女长官说:"你父亲当时的身份证号码你知道吗?如果有身份证号码,也许可以到吉隆坡警察总局试试看。"

我摇摇头。

女长官设身处地说:"你父亲后来去了哪里?"

我说:"从这里押去了太平监狱。"

女长官点点头,似乎了解这个流程,说:"你不妨去那里找找。"

我说:"我已经去过,那里的回答跟你们一样,所有资料被日军销毁了。"

女长官往后放松了身体，说："这样的话，我们无法帮到你了。"

父亲在这个巨大的院子里关着，没有提审没有过堂，不久就被押解去了戒备森严的太平监狱。于是，就有了本书开头的那一幕：这个不满十八岁的业余革命者、专业排字工，被警察押解着，走进了那座建造于 19 世纪的古老监狱，开始了他人生中第一次囚徒生涯。

如果不算 20 世纪 40 年代的"整风审干"和 60 年代的"文革"牛棚，父亲一生被捕三次，经受了三次正式的牢狱之灾。我站在太平监狱的哥特式门楼前，感受着父亲第一次走进监狱的心境。

太平监狱闻名遐迩，巨大而森严的高墙内，关押着传说中的江洋大盗、冷血惯匪，那是个弱肉强食、无法无天的丛林世界。这个孤独而羸弱的排字工走进去，也许活不过一个星期。他生死未卜，心境忐忑，独自走向人生的黑暗之中。

父亲后来对太平监狱的回忆，略去了他入狱时的心情。他之所以能平淡甚至略带夸耀地描述着他的第一次牢狱经历，那是因为他在怡保警察局被关押时，已经和他要营救的四位小组成员"会师"了，他们一共五人，一起被警察押解进入太平监狱。这次"会师"对他非常重要，这是他不再惧怕监狱的心理基石，他们是一个团体，有一个组织，团体和组织让他时时感到，他不是罪犯，他是战士，监狱不过是一个新的战场，他正在为一个崇高的目标奋战。

"1938 年 8 月被捕，关到 1939 年 1 月。在里面天天打石头，每天可以冲凉两次，大米饭、黑黄豆浆，每周一三五有两片肉，二四六有鸡蛋，周日就吃鱼。老囚犯告诉我们，这是过去囚犯闹罢工争取来的待遇，改善了伙食。

"牢里有图书室，也没有人管理，好书坏书都有，《三国演义》、考茨基的《伦理学》《政治经济学》，我全是那段时间在牢里读的。

"我慢慢地与其他犯人串联，其他犯人问了我们的罪名，知道我们是因为抵制日货才被捕的，很同情我们的抗日行动。那些普通犯人可以外出，替监狱伙房买菜，他们就买当地的报纸用来包蔬菜，借此带进来给我们看，让我们了解外面的形势。"

这种对监狱的描述是经典的革命记忆，很像共产国际的"革命导师"列宁被沙皇逮捕时的心境和精神面貌，列宁在监狱里密写书信，一天吃掉几个牛奶面包"墨水瓶"的故事，成了后来革命者津津乐道的掌故。

在郭永绵的回忆中，根据那时英国殖民地的法律，政治犯是不能被判死刑的。他们被关押期间也没有严刑逼供，这跟指导马共的中共在中国的待遇天壤之别：上海的淞沪警备司令部龙华监狱、南京的老虎桥监狱，中共党人在刑讯室里遍体鳞伤、血肉模糊，在刑场上被枪击、刀砍、活埋，甚至用蒸笼蒸死。幸存者的回忆则用这样的语言来表述：他们擦干身上的血迹，掩埋好同伴的尸体，继续前进……郭永绵的牢狱记忆，与如此残酷的政治虐杀大相径庭。这种差别以及其产生差别的缘由，要在很久以后，才会被他逐渐了解。

关押了五个月，郭永绵和他的同志们终于要开庭受审了。他们有五个月的充裕时间进行周密的布置，决定不请律师，自行辩护。

开庭时，郭永绵镇定自如、对答如流。他告诉法官，被捕那天，他在警察局近旁的一个电影院看电影《夜半歌声》，电影散场后，他回家路过警察局，看见警察局门外人山人海，他凑过去看热闹，正好站在演讲人身边，结果就被错当演讲人抓了进来，他实在是太冤枉了。

精明的法官还真核查了那天的电影，果然是《夜半歌声》。当然是《夜半歌声》，父亲他们有五个月的时间与狱外的党组织配合，精心编织好了严丝合缝的证据链。

法官秉公执法，认定警局密探逮捕郭永绵证据不足，判决郭永绵当庭释放。

郭永绵满以为这次牢狱之灾就此结束，他心满意得地起身，走出法庭，收拾好行李，走出监狱，走到自由的大街上，抬头看着炙热的天空，尽情享受着静谧的阳光和拂面的清风。

他的自由不过五分钟。等候在大街上因为败诉而羞恼不已的警局密探迎面拦住他，不容分说地给他戴上手铐，又一次把他送进了太平监狱。

这一次，警局启动了另一个司法条例："二王花法令"。根据这个法令，司法部门有权将评估认定的有害于当局统治的人驱逐出境，根据对象的国籍，递解回母国。由于郭永绵是中国人，当局决定将他递解回中国。

这是相当于死刑的判决。

2017 年 2 月 21 日,吉隆坡,马来西亚华裔作家戴小华为配合我的采访,特意介绍了几位马共的老游击队员与我见面。这几位年逾古稀的老人曾坚持丛林游击战达二十多年之久,风餐露宿,备集艰辛,直到 20 世纪 80 年代签署《艾合协议》"光荣和解"后,才自行销毁武器,走出丛林回归日常生活。

老游击队员们告诉我,英国殖民时代,英国殖民当局虽说对政治犯不判死刑,但他们还是有办法杀掉共产党的。据他们介绍,马共最早的六位总书记,都是以"驱逐出境"的方式递解回中国,交付给当时执政的国民党,这六位总书记驱逐到中国后,全部被国民党杀害,无一幸免。所以,驱逐出境回中国,对马来亚共产党员来说,就相当于死刑判决。

一般而言,走出泥沼般的人生之后,人们倾向于放大历经的艰难与困苦,以获得心理补偿和价值肯定,但这一次,老人们的说辞与事实相差不远。

事后,我查阅资料,有名有姓的马共领导人被捕后遭送中国,遭肉体消灭的有:

马来亚共产党第一任书记黎光远,1930 年 4 月被捕,1931 年遭送中国,遭国民党当局处决;

马来亚共产党第一任组织部长吴清(徐天柄),1930 年 4 月被捕,1931 年遣送中国,遭国民党当局处决;

马来亚共产党第一任宣传部长傅大庆,1931 年被捕,1932 年遣送中国,在北京遭日军杀害。

马来亚共产党建党后的第一届领导班子,在"驱逐出境递解中国"的方式下全部遇难,无一幸免。

如今,郭永绵面对驱逐出境,骤然间面临死亡,形势一下变得严峻起来。

他急忙向法庭提出申诉,称自己出生在马来亚,是英国国籍,不应该被递解去中国。法庭向他索要出生证作为申诉的证物,他连夜给母亲何清写信。何清接到信,拿着出生证,匆匆赶到太平监狱。

再次开庭的时候,何清依照法官的要求,出示了郭永绵的出生证。法官看过之后,脸上露出怪异神情,随后叫过法警,把出生证传递给郭永绵看。

郭永绵从法警手里接过出生证看了一眼,愣住了。

出生证上,除了出生年月日"1920 年 12 月 24 日"外,其余都不对。

新生婴儿的姓名是吴清云,父亲叫吴保,广东人;母亲叫郑柳,福建人。

法官有些恼火,说:"你想用这张出生证证明什么?"

父亲一头雾水，茫然地看着自己的妈妈何清。

接着，就发生了让父亲终身难忘的一幕。

"直到现在，我还清清楚楚地记得那个场景，法庭上，我跟我妈面对面，我妈看了我一眼，才迟迟疑疑地说，'他不是我生的，是我买来的'。"半个世纪后，父亲这么跟我说。

何清说的是广东话，法官是英国人说英语，他们之间有个翻译。

翻译是华人，急忙用广东话提醒何清："买卖儿童是犯法的，你不能说买，你就说是这孩子是你领养的。"

何清对着法官说："这孩子是别人送给我的，不是我生的。"

法官确认了这张出生证是有效证物，足以证明吴清云——也就是郭永绵出生在马来亚，不在驱逐外国人出境的"二王花法令"的范围。法官把出生证还给了何清，说："你去给你儿子找一个保人，法庭就可以交保释放，只要他不再有违法行为，就可以不实行递解。"

狱外的党组织当即为父亲寻了一位保人，将父亲担保出狱，恢复了有限制的自由。

在法庭上听候事关生死的宣判之时，忽然得知从小到大一起生活的母亲竟然不是亲生，知道了自己在从小叫大的名字"郭永绵"之外，还有一个陌生的名字"吴清云"。这种只有当代的电视剧里才有的惊诧桥段居然是真的，当事人该有怎么样的震惊。

"你震惊吗？"1995年，我在哈尔滨问父亲。

"倒是没有震惊的感觉。"父亲回答。他说，其实很小的时候，他也隐隐约约地听过母亲对人说这孩子是"荷包生的",那时太小,根本不明白这话的意思。从小到大,母亲对自己非常好、感情非常深,如今得知真相,也只是感到突然和意外,对母子感情没有一点点影响。"亲生不亲生的,其实无所谓。"

出狱后,父亲才得知了身世的全部真相。

他的亲生父母都是橡胶园的割胶工人,一天不工作就一天没收入,生了他之后,家里根本无力养活,就把他卖了,这样大家都能活。

"卖了多少钱?"我很想知道。

父亲摇头:"不知道,我也没问过。"

我想,我的父系来源,因为这么一个人生变故,生命传递的脉络顿时迷茫不清,我从哪里来,忽然成了一个再也无解的谜团,怎么说都是一种动摇人生根基的震撼。

但是,父亲对这桩变故非常淡然,他对养母没有一丝芥蒂,对亲生父母也没有一丝埋怨。一切顺理成章、天经地义,日子也一如从前,并无不同。

甚至,终其一生,父亲也没有想过他的亲生父母到底是谁、终老在什么地方、还有没有其他兄弟姐妹。半个世纪后,我在哈尔滨问他,可以从哪里找到我亲爷爷亲奶奶的踪迹? 他也不过略略思索了一下,回答道:"马来西亚的警察局可能有吧,英国人的档案制度还是比较严密的,我当年的出生证上有他们的名字。"

作为一个以虚构文学作品写作为生的作家，我忽然感到，我们写作时按照人物逻辑推理出来的心理反应和情感表现——那些个震惊啊、呼天抢地啊——大多是想当然的表层推理。在真实世界里，这样的变故其实也就是生活中的一点点涟漪。因为，生活本身深沉如海，除了生死，皆翻不起大浪。

只是，我的父系来路、我的一半血脉渊源，就此泯灭在消逝的时光之中，了无踪影。

吴保爷爷，郑柳奶奶，你们祖上从哪里来？你们后来去了何方？我还有叔叔姑姑吗？他们还有与我平辈的后代吗？这一家族支脉，还在热带的某个地方延续吗？

再也无处寻觅，再也无法知晓了。

出狱后，父亲最大的难题，仅仅是他觉得无颜去见母亲（现在，应该称作养母了）。母亲含辛茹苦养育他，他却成了个保释出狱的罪犯，他怕母亲会骂他，母亲每次骂他，都会说为了他吃了多少多少苦，他还这么不争气。这些数落让他无地自容，倍感压抑。

来接他出狱的伙伴劝他："你母亲对你这么好，她要骂就让她骂吧。"

父亲想出一个幼稚的办法，对同志说："你陪我一起去见母亲，如果她骂我，你就拖我走。"这个幼稚的办法倒也合乎他的年龄，上个月他刚过了十八岁的生日。

就这样,在伙伴的陪同下,他来到奶奶何清面前。那时,何清又住到梁家去了。

何清一见到他,说了句:"你回来了!"然后就不再说话。

父亲无言以对,俩人就这么沉默着。

过了很久,奶奶何清又说:"头发这么长了,也不理?"

父亲不作声,他不知道说什么才好。

直到何清问了句:"今后打算怎么办?"

父亲这才有话好说,他说:"当然要干。"

何清说:"要干也不能在怡保,三天两头都有公家的人来打听你的事情。"

父亲告诉她,他去槟城。

何清说:"到了槟城常来信,你只有要钱的时候才来信。"

父亲再次无言以对。

离开怡保前,在一个小吃摊上,郭永绵的直接上级——马共怡保区常委伍添旺问他,要不要参加马来亚共产党?

郭永绵说要参加。

伍添旺介绍说:"马共的最低纲领是推翻英国的殖民统治,争取马来亚的独立和自由,支援中国的抗日战争;入党后,要承认党纲党章,保守秘密,交纳党费。"

郭永绵都同意,都接受。

伍添旺说:"我介绍你参加马来亚共产党,并向上级汇报。"

郭永绵说:"好的。"他为自己成为马来亚共产党员而高兴。

郭永绵做梦也没有想到,这一次交谈,谈出了一个深不见底的致命漩涡,一次又一次,要把他吸入深渊;在这个漩涡里,他挣扎了四十年,受尽磨难,耗尽心力。

第六章
马来亚　槟城

　　此番重回槟城,郭永绵的身份和生活发生了本质变化:经过怡保的地下斗争和太平的牢狱历练,经过伍添旺的介绍入党谈话,刚刚年满十八岁的他脱胎换骨,更换身份,变成了一个职业革命者。

　　他找到的工作还是排字工,但是这次,排字不再是谋生手段,它蜕变成一层保护色,以掩护他的主业——革命。

　　组织上安排郭永绵住进了槟城郊区一所巨大的花园洋房,院落里杂草丛生、荒芜不堪,他自己的描述是"像电影《夜半歌声》里那个恐怖的废旧宅子"。他在这个如同电影布景的、无人居住的废弃宅子里,办起了一份地下刊物《工人壁报》,这是地下秘密组织"工抗"的机关报,专事对城市的工人阶级宣传马来亚共产党的观点和主张。从撰写文章到版面编排再到刻版油印,全部流程,郭永绵一个人独力完成。他不仅学会了刻钢板,还无师自通地学会了蜡纸的多色油印,一张蜡纸上能印出黑色、灰色和浅灰色。

他的居住地是保密的,只有一个名叫阿宁的人与他单线联系,每次阿宁带来上级的指示,取走油印好的报纸。除此之外,再无旁人知晓他的这个秘密花园。

月朗星稀,夜空倒悬,银河迢迢,横贯视野。郭永绵的人生,如同无边星海里的一叶小舟,悄无声息地滑行着,完全脱离了他的家庭和自小生长的环境所设定的航向,漂向无法辨识的远方,再也没有回到原乡。

单身的隐秘居住,孤独的离群索居,对一个十八岁年轻人来说不是一件好受的事情。郭永绵不甘寂寞,在办秘密刊物的同时,找机会参与当地的印刷工会的活动,他擅长吹奏口琴,于是就在印刷工会办起了一支口琴演奏队,他不仅教会了年轻的印刷工友吹奏口琴,还排出了四个声部的合奏,这让他颇有成就感,也排遣了他离群索居的孤独和寂寞。

这几个月的宁静和单纯,其实是暴风雨到来前最后的平安时光。从此之后,他的人生之舟陷于惊涛骇浪,再无宁日,只是他当时并不知道。这段时光仿佛是一个告别仪式,是他文艺青年情趣灭绝前的回光返照。随后,这份情趣、这个年轻人、这些有写作有音乐有闲暇的清新日子,像清澈的镜子那样被彻底打破,薄脆的碎片四处飞溅,旋转着跌落,在铁、火、血的熔炼之中,化为一种特殊的材料,塑造成了他自己从未料到的形态。

1939 年下半年,外面的世界已经乱成一团。在欧洲,希特勒和斯大林签订互不侵犯条约,纳粹德国于是放手大干,迅疾用闪电战席卷了波兰。整个欧洲惊呆,一直对纳粹持绥靖政策的英国和法国被迫对德宣战,英联邦及其属地随即进入战时状态,经济的动荡和萧条接踵而至。

影响波及,马来亚无法置身事外,经济形势急转直下,物价腾飞、成本高企,工厂开工不足,工人收入急减,民间怨声载道。

马来亚原本经济就不发达,贫富悬殊很大,下层社会,学徒一个月才三块钱,正式满师后的工人也就一二十块钱。一旦失业,生计立刻成了生存大问题。所以一般人也无所谓家不家,有工做就住下,失业了就离开另找工作,正式有家的人很少。这种经济和社会结构抵御动荡的能力很差,一有风吹草动,就会引发社会风潮。马共的成员多为城里人——小知识分子、工人和城市贫民,经济陡然变坏,他们有切肤之痛。为了切身利益,他们率先反抗,乃是题中应有之义。

面对工人工资收入低下、生活窘迫的境况,郭永绵所在的印刷工人工会决定率领槟城三千印刷工人举行总罢工。罢工诉求是"增加工资,改善待遇"。为此,工会专门成立了一个"斗争委员会",领导整个印刷行业罢工。"斗争委员会"有五个成员,郭永绵是其中的一个。他们事先研究了斗争目的、谈判条件,确定了与资方谈判的代表,在工人中进行宣传,组织纠察队,一系列工作顺利铺开。

总罢工开始，三千印刷工人统一行动。同一天，槟城所有的中英文报纸停刊，所有的印刷所停工。

这种全行业整体性的大罢工，在槟城是前所未有的，一时间激起了全城关注。槟城的其他行业工会也被风潮所激动，纷纷慷慨解囊，给印刷工会捐款，支持他们抗争到底。

在共产国际时代，城市工人罢工对抗资本主义经济体系，是无产阶级革命的常用手段，各国共产党驾轻就熟。这种罢工，也事实上成了各国共产党培养年轻骨干的实习场地。父亲他们的五人"斗争委员会"亦不例外，都是十几岁的年轻人，其中还有中学生。这些年轻人一夜之间站到了社会冲突的风口浪尖上，成了叱咤风云的工人领袖。他们是工人代表，与印刷行业的工厂主进行谈判；他们召开会议，商讨对策；他们发布新闻，争取同情；他们发起游行，鼓动风潮，成了各方关注的焦点人物。他们自己也仿佛站在高山之巅，俯视着战云飞奔、万千气象，顿生指点江山、挥斥方遒的豪迈心态和主人公之感。

每每看到从前时光的年轻人在风云年代投身社会冲突，我就会想，如果我处于同样年代，我会怎么想，怎么做？会比他们高明还是不如他们？我置身处地，换位思考：比如这一次，父亲他们在帝国主义第二次世界大战爆发的时候掀起大罢工，这些读过不少马列主义书籍的年轻人会不会做出这样的判断："革命形势开始成熟，是将帝国主义战争引向无产阶级革命的时候了",一如第一次世界大战爆发时,列宁做出的相同判断,在这个判断指导下,列宁在一个国家的范围内,组建起第一个苏维埃社会主义政权,人类历史因此进入一个新纪元。

我想,我恐怕会做出这样的判断,因为这样的判断,会让年轻人在内心将自己置于更高的时代巅峰,让自己的历史位置更显重要,由此更满足自身伟大化的欲望需求。尽管事后的历史表明,这种伟大化的欲望需求,更多带来的是灭顶之灾。

父亲他们这一次也不例外。

罢工开始不久,资方阵营就产生动摇、开始分裂。大多数的华人工厂主同意了工人的加薪要求,请求工人复工,只有少数英国工厂主和一些个性强悍的华人老板不让步。这种资方分裂状态,随即波及"斗争委员会"内部和整个罢工工人阵营之中,他们分成了两派,一派认为,既然已有资方接受了工人的要求,这些资方下属工厂的工人就应该复工,以示诚信;另一派认为,既然还有部分资方不接受工人的要求,所有工人都不能复工,必须坚持到所有资本家都低头为止,否则就是对工人运动的分裂。后一派在道德层面上占据了话语制高点,年轻的五人"斗争委员会"最终接受了后一派的意见,三千工人全体罢工,一个也不许复工,直到所有资本家都投降。

结果,非但没投降的资本家不投降,连已经投降的资本家,见工人如此不通情理,也跟顽抗的资本家站到了一起、抱成了一团。他们集体请求政府当局出面干预。于是政府出动警察,包围各大报馆,让资方雇佣的临时工进去上工;接着,资方统一列出名单,开除了一串领导罢工的工人,郭永绵名列其中;再接着,警察局也拟定了逮捕名单,要对煽动风潮、破坏社会秩序的顽劣分子进行大逮捕,郭永绵也名列其中。

一场轰轰烈烈、光芒四射的行业大罢工就这样失败了。工人被强制复工,领头人被开除,为免逮捕,他们纷纷出逃。郭永绵接到组织上通知,让他立即逃出槟城,去吉打州的亚罗士打,找一个外号叫"夜半歌声"的人,由他安排躲藏起来。随着撤离通知,组织上还给了郭永绵一个关于这次罢工的组织结论:罢工领导人犯了策略上的错误,导致罢工失败。

逃亡的一路上,郭永绵都在回想组织的结论。在罢工进程中,对待资方的策略,应该是谁先接受工人的条件,那里的工人就应该复工,一方面可以分化瓦解资方阵营,另一方面,先复工的工人有了收入,还可以在资金上接济继续罢工的工人,以逼迫顽固的资方(他们称作"英帝国主义者")投降。

半个世纪后,父亲回想起这次失败的斗争,对我说:"那时,我们太年轻、气太盛,不懂得策略,以为所有的斗争可以一次就取得彻底胜利,毕其功于一役。"

他的反思,让我想起"八七会议"后的"饮马长江会师武汉"的昂扬口号,想起"社会主义在一省数省首先取得胜利"的盲动路线,以及喊出这些口号和制定这条路线的年轻人。

郭永绵逃到亚罗士打,找到了"夜半歌声",这是他从前的一个熟人。亚罗士打的形势也很严峻,警察和密探到处搜捕罢工分子,"夜半歌声"为了郭永绵的安全,介绍他到郊区的一所小学当代课老师,那个学校只有一个校长,也是马共外围组织"学抗"的人。郭永绵到了郊区小学,校长把学校交给他,也离开了。

这所小学的学生不分年级和班级,一共二十来人,也没有别的教师和校工,让父亲一个人教。郭永绵教了他们一个星期,到了星期六下午,学生放假回家,郭永绵走到校门口,想骑上自行车回亚罗士打市区,找"夜半歌声"商讨下一步的行动和出路,因为临来前"夜半歌声"说,以后还是让他从事工人运动。

正当郭永绵要跨上自行车出发,一辆小汽车堵住了校门。车上下来三个人,径直走到他面前,说:"你姓郭吗?"

郭永绵:"我姓陈。"

来人看了一下自己的手掌,好像是对照了一下手掌中的照片,随后说:"你跟我走吧。"

郭永绵见过这个人,槟城大罢工期间,郭永绵领着工人纠察队冲击"现代报馆"的时候,这人在报馆里布防,阻挡冲击的工人。

郭永绵只得跟着上车,汽车一口气开到槟城,直接把他投进了监狱。进了监狱,照例登记、打手印、换上囚服。这次进来,没有见到一个自己的同志,显然他是单独被捕的,也没有公开审判,只有一次狱中提审,审讯他的英国官员问:"你叫什么名字?"

郭永绵:"陈怀远。"

英国官员:"不对,你叫郭永绵,你煽动罢工。"

至此,他无法再隐瞒,便说:"郭永绵是我另外一个名字,我不过是一个普通工人,响应工会号召参加罢工。"

英国官员说:"你被驱逐出境了。"

郭永绵说:"我出生在马来亚,你不能驱逐我。"

英国官员向他索要出生证。

郭永绵提出要给母亲和未婚妻写信,让她们送来。

这是一次非常蹊跷的逮捕,郭永绵当时的隐身之地非常隐秘、无人知晓,他的这次被捕,组织上显然还不知道。多少年来,他一直认为,是他们组织内部出了内奸,才导致他被捕。当下,他最紧要的是通知组织他已被捕,并且向组织发出警报,从他的被捕一事上去挖出内奸,以免更多的同志遭殃。

英国官员批准了他写信的要求。

于是,郭永绵给奶奶何清以及当时的女朋友李桂琼写信,李桂琼也住在槟城,是马共外围组织"学抗"的成员,他想通过她们把自己被捕的事情透露出去,转告组织。

很快,李桂琼就来了,郭永绵告诉她自己的被捕的经过,让她赶紧转告组织和同志、提高警惕、加强防范;还让她去请示组织,给他介绍在中国的"关系",以防一旦被驱逐出境去了中国,也好在国内找"工作"——也就是跟中国共产党接上组织关系。

奶奶何清从怡保远道赶来,又一次给父亲送来出生证。不过,这一次出生证不再有用处了,英国官员当场没收了出生证,宣布证件无效,郭永绵的英国国籍被取消,同时还宣布了父亲的罪名:"煽动罢工、扰乱治安",最终判决为:对郭永绵执行驱逐出境。

郭永绵忍无可忍,与英国的监狱长发生了激烈的争辩。

英国监狱长说:"你们胡闹什么抗日,日本人怎么会来马来亚?"

郭永绵说:"中国都打成这样了,怎么不会来?"

英国监狱长说:"日本人真的打来了,也有英国人保护马来亚。"

郭永绵说:"炸弹扔下来,你们怎么保护得了?"

这场争辩两年之后,1942 年 2 月 15 日,远东英军总司令阿瑟·珀西瓦尔中将率部十三万人,向率部十一万人的日军中将山下奉文投降。山下奉文用八个星期的时间,以伤亡九千八百二十四人的代价,自北向南地扫荡整个马来半岛的英国军队,最终占领新加坡。这一战,是日军有史以来最大的陆战胜利。山下奉文因此辉煌战绩,被誉为"马来之虎",英军闻之丧胆。

全歼马来半岛的英军后,日军将新加坡改为"昭南特别市",随即实施《华侨肃清计划》,残酷屠杀马来亚华人达十万之多,史称"新加坡大屠杀"。日军先是用机枪扫射,后来为节省子弹,把华人捆成串,用船运到离海岸十公里之处,推到海里溺毙。

那时,郭永绵已经在中国苏中地区的水网地带昼伏夜行,用步枪、手榴弹与日本占领军周旋作战。在一些喘息的空隙里,他也会想起那个英国监狱长和他们的那场激烈的新加坡监狱之辩,他很想知道那个英国监狱长的此时下落和彼地感想。

马来亚的英国殖民当局针对华人的驱逐出境有两种方式,一种是自由出境,限定在多少时日内自行乘船离境,这种方式一般针对社会身份比较高的人,比如当时《现代日报》的总编辑,就是这么离开新加坡的;还有一种就是强制出境,对象有政治犯,也有刑事犯。父亲被列入第二种。

被宣判后的父亲焦虑无比,因为,李桂琼和奶奶何清都来看过他,他被捕的消息也应该传出去了,可他一直没有接到组织上的回应,没有任何下一步行动的指示,更没有今后联系的接头人出现。也许在全国大逮捕的凶险时刻,风声鹤唳、草木皆兵,组织分散隐蔽、销声匿迹,没有得到他被捕的消息,即便得到了,也自顾不暇、无力援手,任由他一个人面对强大冷酷的国家机器。父亲十九岁的生命历程中第一次陷入绝境,心中的孤独和凄惶不难推想。

1940年3月,郭永绵从槟城监狱转押去新加坡,开始了驱逐出境程序的第一站。他穿着白色粗布囚服,背上印着囚犯号码,双手戴着手铐,被持枪军警押着离开监狱,押到槟榔屿码头。奶奶何清赶到,她花去了所有积蓄,替儿子置办了球衣球裤、换洗衣物,统统放进一个皮箱,交给父亲,说:"中国冷。"

十九年前,何清从郑柳手中买下一个男婴,此后漫长的十九年里,她生活的唯一目的就是养大这个孩子,不问对错、不顾后果、不计代价,哪怕儿子干的是要杀头的事情。此刻,她站在高大的囚船船舷下面,又一次倾其所有、付出一切,直到自己囊空如洗。

何清对父亲说:"到了中国要当心了,跟这里不同,在那里被抓住,会杀头的。"

父亲说:"到那里就有刀有枪了,他杀我,我也能杀他。"

这不是何清想听到的回答,但她知道儿子会这么回答,她没有再说话。

父亲转身登船。此后一生,他们母子再也没有相见。

十年后,父亲参加渡江战役,跟随解放军打进上海,驻扎上海期间有过一段短暂的安宁。他抓紧空隙与何清联系,彼时,马来亚与新中国没有外交关系,父亲写信给国防部,要求协助与母亲相见。国防部把信件转到了外交部,外交部鉴于中马两国没有外交关系,父亲不能去马来亚,何清也来不了中国,建议何清去香港,他们母子好会面。何清回信说,年纪大了,腿脚不好,走不动了。不久,朝鲜战争爆发,父亲成为志愿军入朝参战,一去七八年,直到 1958 年才回国,移防到中国最北边的黑龙江。山高水远,时过境迁,他与何清断了音信。

槟榔屿码头一别,竟是永别;囚船舷边的对话,成了母子间的最后交谈,只是母亲和儿子,当时都未料到。父亲与何清的关系,始终是一个未长大的男孩与宠溺的母亲的关系,他们的最后一次交谈仍然如此:母亲投注无穷关切,儿子任性偏强,对母亲的关切毫不在意。半个多世纪后,年届耄耋的父亲谈及何清,还是孩子般的一口一个"我妈",语调中满是母子间的依赖和亲昵。

2017 年 4 月 11 日,上海,徐家汇,我接待了马来西亚吉隆坡来的一对宾客:甘坤玉和她的丈夫。甘坤玉年逾七十,精神矍铄,语言爽朗,她母亲就是梁家四姨太的女儿梁宝娟,父亲儿时的伙伴。他们的邻居——雪梨美发厅的女老板把我留下的电话号码转给了她,她辗转找到了我。这也是我两个月前马来半岛寻踪的收获。

甘坤玉告诉我,何清后来就住在她的娘家——梁家,算是帮佣,也算是家人,还成了她妹妹的干妈,在她家养老。甘坤玉小时候听说过,何清有一个儿子在中国,一直没见面。一个大年三十夜,何清过世,她妹妹以女儿的身份披麻戴孝,替何清送终;大年初二出殡,葬在怡保的三宝洞。前些年地震,墓地大片坟茔震塌,重建时无法辨识原先墓主,就修建了一个集体坟茔,一个大墓碑刻着何清与其他二十几个人的名字。

甘坤玉给我看了一张何清的照片。在泛黄老照片里,何清梳着一丝不苟的发髻,面容清瘦,线条明朗,眼神坚定。

　　这是一位陌生的老太太,她以一念之仁,于万难中养活了父亲,让这条原本会在风中折断的生命之线接续下来,才有今天照片前的这双凝视着她的眼睛。

　　我感谢她,感谢何清奶奶。

　　汽笛长鸣,囚船起航。

　　槟榔屿码头缓缓远去,淡出了视线,前后左右都是茫茫大海。没有了家,离开了熟悉的土地,失去了与组织的联系,郭永绵像一只断线的风筝,孤零零地飘向远方。

　　押送囚犯的警察用铁链条把郭永绵跟其他犯人拴在一起,像一串挣扎的沙丁鱼、一群任人呵斥的牲口,肉体的痛苦和心灵的屈辱,几乎要吞噬了他。

　　此刻,比痛苦和屈辱更为沉重的是压在心头的忧虑:要到中国去了,在那个遥远的、素昧平生的国度,他一个人也不认识,一个地方也不熟识,怎么办? 怎么办?

第七章
新加坡　香港　上海

　　新加坡的拘留所空间巨大,密密麻麻地关押着几百个在等待上船、遣送中国的驱逐出境犯人。身穿白色囚衣的郭永绵走进看守所,立即吸引了众多目光。凭着直觉和经验,他知道,这些把目光投向他的犯人里面,有马共成员,有自己的同志,只有跟他们接上头、取得联系,才能在到达中国之后接上中国共产党的组织关系,才能回归到组织的怀抱,才能安全,才能生存。他急需找到他们,以解内心如山般压着的焦虑。

　　可是,在共产党是非法组织的政治环境下,辨认自己的同志进而接上头,是有巨大风险的,谁也不知道他们之中,有没有英国军事情报六处经过专门训练的间谍。事实上,在此不久之后,马共总书记的职位,一度被潜入的一个名叫莱特的英国间谍把持了好几年,让马共蒙受了巨大损失,以致连马来亚历史进程都遭受影响,成为国际共运史上一桩骇人听闻的事件。

郭永绵急切地展开寻找，一同在押的犯人中，有不少他原先认识的人，其中有同在槟城"工抗"的李诚，李诚领导"工抗"在抵制日货的运动中十分激进，割去贩售日货商家的耳朵的事情，就是他的手下做的；李诚后来牺牲在淮海战役的战场上，那时他已经是三野的营教导员了。但奇怪的是，他们并没有对父亲做出同志般的认可与接纳，没有一个人跟他谈及到达中国后的组织关系转移的问题。倒是新结识的黎扬和陈阿福告诉他：我们是马共的成员，有联系中共的办法，到香港后，可以找到八路军办事处，你既是马共党员，到时候你跟我们走。

郭永绵稍稍心安。这个反常的情形并没有引起他的警惕与思虑，以致造成了他一辈子也说不清的政治疑点。他没想那么多，看着越来越多聚合在一起的同志，他只觉得不那么孤单了。

遣送的日子来临了，新加坡港口的登船码头上，军警架起机枪，全场戒严。他们这一船驱逐出境的犯人有好几十人，鱼贯登上一艘巨大的邮轮，被关进底舱，舱口的铁栅栏门用一把大锁锁上，门口站着面容严峻的印度兵。

汽笛声中，邮轮启航，从那天以后，郭永绵再也没有回到马来亚——这个他生于斯、长于斯的热带国家。

透过铁栅栏的缝隙，他们能看见大海，鲸鱼在蓝色的海水中高高跃起，大小滩礁在海水中时隐时现。海洋越来越宽，家乡越来越远,一路上,经过七州洋,经过南沙群岛,中国越来越近。

郭永绵看到,趁着印度兵离岗的间隙,铁栅栏门口来了一个上层客舱的乘客,叫住黎扬、戴英浪和卢沧海,隔着铁栅栏低声交谈。郭永绵后来知道,这人是马共派来的交通员,叫邓炬云,他的任务就是与驱逐出境的马共成员同行,负责到中国后替他们与中共接头,转移组织关系。按照当时共产国际的规定,马共党员到中国后自动转为中共党员,两党的党籍是相通的。邓炬云在船上联系和验证了很多马共成员,槟城的常委、新加坡的委员,一个一个都接上了头,可从头到尾,邓炬云没有联络郭永绵。

这让郭永绵感到郁闷,产生了强烈的失落感,且疑窦丛生。

马共派来的交通员,肯定是根据马共中央的被驱逐人员的名单逐个联系的,显然,郭永绵不在这个名单上。他没有叛变,更没有出卖同志,他不相信组织上会抛弃他,到底是哪个环节出错了?

郭永绵自己的解释是:他的直接上级是伍添旺,伍添旺很可能不知道他已经被捕并遭到遣送,以为他依然潜伏在亚罗士打的郊区小学里,故而没有通知上级来联络他。他的苦闷被黎扬、戴英浪看在眼里,他们再次对他承诺,上岸后带着他一起走,找中共接头。

新结识的难友卢沧海得了肺癌,病得非常严重,咳嗽,时不时吐血,父亲一路上照顾他,盼望着快点到达终点站香港,能救下他。1940 年 5 月,船到香港,他们一行几十人被押进香港监狱。

往下的事情,父亲的记忆发生了模糊与偏差。

1995 年夏天,父亲告诉我的经过是这样的:

"按照惯例,到了香港后,英国警察就把我们交给国民政府,由他们接收处理。这一招就是借刀杀人,国民党接收后,要么关进集中营,要么逼迫悔过自首加入国民党。我一直没有听到过有人自首的,倒是听到过送到集中营后越狱暴动的。

"我们这一批抵达时,正赶上日军发动粤汉铁路攻势,把国民党打得稀里哗啦,国民党逃走了,英国人找不到人来移交接收,只好对我们宣布就地释放,命令我们从此以后,终生不得回到马来亚和香港!然后让我们自己选去哪里,他们就给买去哪里的船票,就算是放走了。

"但是我们几个,组织关系没有接上,还是得回香港才行。于是,我们便讲我们要去雷州半岛,因为那里离香港近,又是法租界,没有日军和国民党军。我们被英国警察押上去广东的船,离开香港,到了雷州半岛。"

这样,他们死里逃生,意想不到地获得了自由。

在父亲 1975 年写的"交代材料"《我的历史关节》里,他这么回忆那段死里逃生的经过:

在香港监狱大约待了一个星期。在香港狱中,他们还设法和外面同志联系上(如何联系上的我不清楚)。据说,按惯例,押送出境的人是交给国民党或日寇的。根据香港组织的指示,可以通过行贿,要求释放到广州湾赤坎,恢复自由,再做下一步行动。黎扬、戴英郎等人就给一个华人密探行贿,我们每个人出五元钱,我没钱,我这份钱是同志们给出的。这个便衣拿了钱就答应给我们送到赤坎。

1940年5月上旬,黎扬、戴英浪、卢沧海、黄亮、我五人在香港被押到广州湾赤坎的船。宣布我们终生不能再回到马来亚、香港。船鸣汽笛后,除去手铐,交给我们船票,船开动后我们就恢复自由了。

两个版本虽有不同,但结局是一致的。

他们这一批被驱逐出境的政治犯,没有被英国当局交到国民党手里,而是意外地成了自由人,也算是不幸之中的大幸了。

不过,他们没有机会庆祝这个意外的幸运。在踏上广州赤坎的当夜,一路病重的卢沧海突然爆发大吐血,止也止不住,送进医院就去世了。这是郭永绵生平第一次亲眼看着一起奋斗的战友在身边死去。这个恢复自由的夜晚,蒙上了一层浓厚的悲伤。

一行四人在赤坎住了八天,民主人士黄亮要去重庆找国民政府,剩下三个要去香港投奔共产党。最后一天,他们一起吃了一顿饭,算是一个告别宴会,就此话别,各奔前程。对于死里逃生、重获自由,他们无限感慨,无比庆幸。

他们有理由庆幸,因为,他们的确是一批极其幸运的驱逐出境政治犯,在阴错阳差、间不容发的缝隙中,他们奇迹般地获得了自由。这之前和这之后，被英国殖民当局驱逐回中国的政治犯中，都没有这种幸运发生，他们是唯一的一批没有被国民党或日军接收到的政治犯。

要过些年他们才会知道：正是这种难以置信的奇迹，成了他们洗不清的疑点，回到自己人中后，他们理所当然地被怀疑为英国派遣的"战略特务"，人们不相信奇迹。他们遭受了一次又一次审查，既不能证实，也无法证伪；为了洗刷疑点，几乎搭上了性命。

他们在广东赤坎小镇的小宴会上举杯畅饮、庆祝自由，他们的快乐如阳光般灿烂，那是因为他们不可能预见未来的命运。

八天后，他们不理会英国警察的命令，换了装，悄悄回到香港，在一个山坡的小旅馆里住下，也不敢外出。交通员邓炬云带领戴英浪去了香港的八路军办事处，见到了办事处的领导廖承志和连贯。廖承志主管国外回来共产党员的组织关系转接和新工作的分配。天黑以后，戴英浪回到小旅馆，向大家传达了廖承志的指示：鉴于香港由英国人统治，他们的身份一旦在香港暴露会引起严重后果，所有被驱逐出境的马共成员都立刻转移去上海，在上海等待八路军香港办事处的进一步指示。

一行人不敢耽搁，快速在香港码头登船，离开香港。轮船走台湾海峡进入东海，再进入长江，进吴淞口，入黄浦江。抵达上海时，已是 1940 年 5 月中旬。

他们在法租界的吕班路住下，居所不远处就是雅致的法国公园（即今之复兴公园），绿荫蔽日的公园成了他们散心的去处。

廖承志告诉他们，他们的关系直属八路军办事处，到了上海之后，不要与上海地下党发生横向关系，不要展开工作，长期隐蔽。于是，父亲报名进了公共租界四马路上的新建中学，插班高二，开始上学念书。

万里归奔，终于有了一个稍事安顿的落脚处，有了一段稍觉安宁的时光。

父亲落脚隐身的吕班路，即今之重庆南路，由法租界公董局于1889年建筑，贴近法国公园的那一段与之相交的，正是南昌路。咫尺之遥，众多民国重要人物在此出入，有中国革命党总部机关，陈其美发动起义失败，带着蒋介石翻房顶从这里逃走；同一弄堂里，陈独秀编的《新青年》在此发向全国；十几年前，国民党中央上海执行部安置于此，组织部秘书毛泽东天天来上班；大同幼稚园收留过毛岸英三兄弟；徐志摩和陆小曼，还有蓝萍都曾在此居住过；巴金在此写下激流三部曲中的《春》《秋》；仅仅一年多之前，许广平在此编成《鲁迅全集》。

父亲每天从这些房屋前走过，这意味着，他已经从时代风云的边缘地带走进大风暴的中心区域。他当时对此尚不知晓。上海声名远播至南洋的景点是外滩，所以下课后，他会沿着四马路往东走，走到黄浦江岸——外滩。这片江滩，原先是拉纤苦力踩出来的纤道,原住民称作"黄浦滩",鸦片战争后,英法两国抢先占据黄浦滩,租界筑路,命名为"黄浦路"。沿着黄浦路,长达三里路的万国建筑成了上海的标志性天际线。

浑浊的黄浦江上,西方的现代轮船和中国的老式乌篷船争流抢道,波光潋滟中并行不悖。这座远东第一大城市汇集了世界现代化的全要素,也聚拢了旧式中国的传统因子,混杂碰撞、光怪陆离。此时,离太平洋战争爆发还有一年半,日军虽然在中国大举征伐、深入内地,但跟西方国家还没有撕破颜面,租界繁荣一如既往。

从偏远暖湿的马来亚到灿若繁星的上海滩,耳边是听不懂的吴侬软语,身旁是不相干的陌路人群,眼前是看不清的叵测前程。被命运之手拨弄的父亲,如在南柯梦的迷离之中,身不由己,也像风中的一缕飘絮,忽高忽低,无法掌控。

上海给初次抵达的郭永绵留下了忐忑和凄惶,很久以后他还记得,"那时灰溜溜的,也不敢见人"。

如是将近半年,终于等来了八路军香港办事处廖承志的最新指示:所有在上海待命的马共成员,全部去新四军苏北指挥部报到。

成立于 1940 年 7 月的新四军苏北指挥部,在同年 10 月打了场大胜仗,粉碎了国民党韩德勤部二十个团的围攻,史称"黄桥决战"。根据地一下子扩大了好几倍,苏北指挥部急需干部建设新区,指挥陈毅向中央要人。廖承志接到消息,遂发出了这项指示。

根据廖承志的最新指示,在上海藏匿将近半年之久的郭永绵一行,等来了新四军的地下交通员。交通员集合马来亚归国人员以及几个上海文化界人士,组成一个不到十人的小组,有男、有女,还有一个小女孩。出发前,交通员给大家统一好了口供,作为被日本人抓住时应对之用。交通员安慰大家,被日本人抓住了也不要紧,不要慌,组织上会来营救的。

出发了。交通员在前面走,他们一行人隔着一段距离,默默地跟在后面,做出跟交通员并不相识的姿态。

一行人在十六铺码头上船,乘船沿着黄浦江顺流而下,看着外滩的万国建筑区缓缓后退,消失在暮霭之中。轮船经吴淞口,入长江,再横渡长江,在长江北岸的南通天星港靠岸。大家又跟着交通员,默默地下船、上岸。

码头旁是一个小镇子,镇子里有日军的岗楼,太阳旗迎风飘扬。他们不敢进镇,从人员组成到装束神态,这一群人都与环境格格不入,进镇是自投罗网。他们悄悄地从镇子外面绕过去。机灵的交通员熟门熟路地雇来几辆独轮车,让大家把行李放在独轮车上,沿着乡间小道疾步离去,一直往北走,走到看不见日军岗楼的地方才放缓脚步。

又走了半天,他们终于进入了新四军的地盘。事先接到通知的新四军驻防部队立即派人前来,把他们引上早已泊在河边的木船。

船上有棚,待众人棚下坐好,船工用力摇起橹来,木船慢悠悠地滑进了静谧的河道,无声无息地溯流北上。

放眼望去,两岸地势平坦辽阔,秋天的庄稼一望无际,等待收获。这片号称"苏中"的地区,都已置于新四军控制之下。一路上,他们受到了热情接待和热烈欢迎,每到一地,都由当地最高首长接见。第一站海安,新四军挺进纵队司令员管文蔚亲自招待他们;最后一站盐城,当天晚上,新四军苏北指挥部指挥陈毅穿着皮袄,在四个提着灯笼的警卫员的护卫下,到客栈来看望他们。新四军将领的热情和款待,让这些万里归奔的马来亚华人青年对陌生的"苏中"有了一种亲切的认同感:他们终于来到自己人中间了,从今往后,他们要跟自己人一起,为守卫这片土地而战。

从这一刻,到他们人生终点,他们再也没有回过马来亚,事实上,他们也没有动过回马来亚的念头,他们的心理标签清晰标注着"回国了"。这张标签,如同一把锋利的剃刀,把他们与他们的出生国永远割裂,马来亚的岁月急遽退开、离去,凝缩成人生天幕上遥远而含糊的背景,变成了记忆和谈资,可以在很多年以后,讲与儿孙知晓。

他们一行人分配到了工作。好几个人被分配到"鲁艺"——也许在本地新四军眼里,马来亚的南洋风情本身就饱含着艺术意味。郭永绵被分配到新四军苏北指挥部政治部下属的印刷厂,当青年队长。就此,他算是正式入伍,成了新四军的一员。

1940年初,在马来亚偏僻的亚罗士打郊区秘密被捕;到同年年中,在香港的英国监狱死里逃生;再到年底,在中国苏北参加新四军。时空巨变,人生翻覆,万里归奔,恍如转世。

这一切,完全不是郭永绵所能预想的。要是那天下课后早走五分钟,他就能跨上自行车一路疾驰,与来拘捕他的密探擦肩而过,就不至有他的第二次被捕;他就能赶到亚罗士打"夜半歌声"的接头地点,随后如水银泻地一般消失在马共的地下网络中,深深隐蔽;之后,日军占领马来亚,马来亚共产党组建了"马来亚人民抗日军",他毫无疑问会是抗日军中的一员,在自己的异国家乡跟日军作战,他的命运线会始终跟马来亚历史编织在一起,活跃在北纬3度的明亮星空下。

在那个迟缓了的五分钟里,他可能是多擦了一会儿黑板上的板书,也可能是关教室门窗仔细了一些,就是这短短的五分钟,让他的人生道路全然改变,他被吸入人生最阴暗的黑洞,淹没在他无力抗拒的灭顶之灾里;最后一刻,却又神奇地转入时空变更的隧道,在世界的另一头钻出黑暗,身不由己进入一个陌生的国度,展开了人生新的历程。

始料未及的新人生在父亲脚下展开。这是1940年10月,离他二十岁生日还有两个多月。

从此开始,他的肉身和灵魂一起被放置到铁与火的砧板上,遭受无休止的捶打,在高温、重击和淬火等一应齐全的锻炼程序下,南洋特质和热带风情被剔除干净,身手和心灵被重新格式化,他活了下来,变成了另外一个人。

第八章
中国　江苏　盐城

　　在盐城的新四军苏北指挥部政治部印刷厂,郭永绵做起了老本行——排字,在一连串颠覆性的动荡之后,日子变得按部就班,平静如水。这种巨变中的不变,透着一种他难以说清楚的怪异:跨过大海高山,万里北上,就是为了换个地方重操旧业? 没等他想明白,这短暂的平静就消失了。

　　经过三年抗战,在国民革命军第八路军和新编第四军的番号下,三万人的共产党军队发展成五十万人,这让蒋介石如芒在背、寝食不安。他深知,一旦抗战胜利、日本人退出中国,共产党会在第一时间与他争天下。他决不能让这种事情发生,他要在第一时间把可怕的未来预期消灭在萌芽状态。

　　1940 年 10 月 19 日,父亲到印刷厂报到之时,重庆的国民政府军事委员会正副参谋总长何应钦、白崇禧发出致八路军朱德总司令、彭德怀副总司令和新四军叶挺军长的"皓电",命令黄河以南的全部八路军新四军一律撤到黄河以北,并将五十万人缩编为十万人。

尽管毛泽东强烈反对这个对共产党形同剪除的指令,但为了国共合作、一致抗日的局面不被彻底撕破,也为了争取国内外的舆论支持,最终做了部分妥协,以朱德、彭德怀、叶挺、项英名义向何应钦、白崇禧发出"佳电",同意皖南的新四军军部撤到长江以北,拒绝了其他要求。

郭永绵上班两个月后的 1941 年 1 月 4 日,皖南的新四军军部九千人在军长叶挺、政委项英的率领下,从云岭开拔,往长江边转移,准备渡江北上。他们不知道,行进前方,一个由八万军人列阵的死亡陷阱已经布置完毕,等待他们自投罗网。那是蒋介石命令顾祝同和上官云相,调集七个师所构建的。军部行至泾县茂林地区,伏兵四起,依凭有利地形对新四军发起猛烈攻击。北伐名将叶挺率部奋勇抵抗,奋战七昼夜,终因寡不敌众、弹尽粮绝而一败涂地;军长叶挺下山与敌方谈判被扣押,副军长项英、副参谋长周子昆和政治部主任袁国平死于突围途中。除一支队司令傅秋涛率二千人突出重围,剩下的部队大部战死或被俘。这是中共军史上主要的惨败之一,这支由 1935 年江西红军长征后留守南方的红军和游击队组成的部队、这些历经三年游击战争铁血熔炼的精锐,就这么失败了。

消息传出,举国震惊,周恩来在重庆报纸上写下"千古奇冤,江南一叶,同室操戈,相煎何急"的悲怆文字。中共中央面对冷酷现实,迅疾命令新四军苏北指挥部的陈毅重建新四军军部,很快,新四军新的军部在盐城成立,陈毅为代军长,刘少奇为政委。散布在华东华中的九万多新四军重新有了首脑机关,得到统一指挥,一举结束了"皖南事变"引发的焦虑和混乱。

这个历史事件,对母亲和父亲都产生了影响。

对母亲薛联的影响是:她和战友们闻知"皖南事变"爆发、军长被捕、军部覆灭,全都泪流满面、泣不成声、悲愤到极点,他们撕下军帽上的青天白日帽徽,高喊着"打退反共高潮"的口号,跟国民党彻底决裂。事实上,"皖南事变"之后,国共两党的关系不可逆转地分裂了。事变前,共产党还保持着表面上对国民政府的服从,蒋介石也不时给八路军新四军发放军饷;事变后,国民政府宣布新四军为"叛军",取消番号,切断了一切经济供给。共产党则完全独立自主,他们在根据地开设银行发行货币,从此不再听从任何来自国民政府的节制和指令。国共双方一边对日作战,一边积蓄力量,准备战后的两党决战。母亲和她的战友们的反应,就是这个历史大趋势的个人化表现。

"皖南事变"对父亲郭永绵的影响则不同。它没有呈现出这么清晰的历史大趋势,却更强烈地作用在他人生道路的彻底转变上——他不再是他了,从职业到性情,他脱胎换骨。

日本占领军获知新四军新成立的"军部",并且就在鼻子底下的盐城,备感如芒在背、不能容忍,随即展开了"大扫荡"。他们先是对盐城狂轰滥炸,新四军重建军部所在的"泰山庙"顷刻毁于日军大轰炸引发的大火之中;他们继而大兵进剿,意图一举扑灭重生的新四军。

新四军首脑机关随即化整为零,以新四军的前身——南方游击队所擅长的分散打游击,来应对日军汹涌如潮的立体进攻。

郭永绵所在的印刷厂随即化整为零,分散成一个一个战斗小组。他所在小组一共五个人,一个有战争经验的老兵带着他们四个新手,每人配发一支步枪、八十发子弹和四颗手榴弹,一个星期的军事训练,从头开始学习射击和投弹,随后一人放一枪,打响了,就算顺利结业。结业后,各小组领受战斗任务,父亲所在的小组领到的任务,是在日军占领的东台县城外四里范围内"打游击","打游击"的原则是"能打就打,打不赢就跑,主要是保存自己,不要被敌人打死了";跟日军作战同时,还要发动当地老百姓,组织起来围绕在新四军周围,与日军对抗。他们被要求记住了"敌进我退,敌疲我扰,敌驻我打,敌退我追"的十六字诀后,就出发了。

白天,他们寄居在可靠的老百姓家中,夜晚,就出发作战。郭永绵的第一次持枪作战,就选在一个夜晚。

乘着夜色,老兵组长领着他们四个年轻人,来到了东台城东的二里桥,这个镇子离东台县城二里地,故而得名。镇子里有个大庙,驻扎着日军和伪军,远远看去灯光明亮,如同集市。他们在夜色的掩护下从庄稼地里走过去,一直走到大庙的灯光余辉隐约洒落到身上的地方,组长让他们一字散开,就地卧倒,听他的口令,"一,二,三,放!"五支枪一起开火,子弹冲着大庙灯光飞去。

枪声响起,大庙的灯光刹那间熄灭了。组长急令:"起来,跑步走!"他们一咕噜爬起来,转过身去,撒腿就跑。身后大庙方向,机枪、掷弹筒一齐朝着他们打过来,炮弹带着啸音在他们头上掠过,飞到前方爆炸,曳光弹拖着红色的尾迹从身边擦过,钻入漆黑的土地,火光闪闪、炸声隆隆,热闹得像元宵节放焰火。他们一口气疯跑出五六里地,跑到枪炮声远远地落在身后的地平线上才停下来,喘着大气,挂着步枪回头看热闹。大庙方向,敌人还"乒乒乓乓"打个不停。整个过程,如同小孩子做游戏、恶作剧。

也许,提着步枪狂奔逃离的郭永绵,会想起儿时在槟城的玩命游戏:他和一帮小孩子在槟城关仔角的海滩下水,朝着海中央的一个废墟游过去,忽然岸上的人大喊起来:"有鱼! 有鱼!"他们不信,继续游,及至看到几条比人还大的大鱼,一窜一窜地朝着他们扑过来,吓得他们魂飞天外,回身逃命。大鱼张开血红的嘴巴,在身后越追越近,溅起的水浪,扑到他们的脚后跟。他们拼尽全身力气往回游,海里水花飞溅,岸上喊声震天,等游到岸上,整个人都瘫掉了,这才趴在沙滩上,看着无功而返的大鱼摆着尾巴,怏怏离去。

这就是战争了,这就是打仗了——他想。

这依然是老兵组长在训练他们,让他们体验战争、学习打仗,用射杀和死亡作教材,完成从平民到军人的转变。

　　老兵组长的训练科目一直继续着,他教会他们如何占据地形地物,隐蔽身体,发扬火力,掌握伏击战科目的诸项要领;他领着他们到大路边,寻找有利地形,伏击过往敌军。

　　刚开始,是敌人在公路上一露头,他们就远远地开枪射击,等敌人反应过来,展开队形进行还击时,他们已经逃得远远的了。随着单兵战斗技能逐步提高、班协同战术的逐步熟练、胆量和自信心逐步增加,他们开始把敌人放近了打。再往后,他们不仅打步兵,还打机动能力强的敌人汽车。直到最后,他们真的能用步枪和手榴弹杀伤近在咫尺的日军了——扣动扳机,枪声响起,一个黄色军服的人形在步枪的缺口准星延长线的终端应声倒下,软绵绵的像个麻袋。一个活生生的人被自己亲手杀死,整个过程有种不真实的幻象之感,仿佛在梦里。这个人有父母,也许有恋人、妻子、孩子,然而只要扳机扣动、子弹射出,他就从这个世界永远消失了,腐烂成土、渺无踪迹,像从来没有存世过。

　　爱写诗、喜好音乐、热衷体育、弥漫着南洋华人小情小趣的郭永绵,如今能开枪杀人了,能终结另一个根本不相识的人的生命了,这是一个非常时刻,锋利逼人、血腥扑面。法国哲学家前法共党员萨特无疑也经历过这样的时刻,他曾痛彻地说过:"知识分子做不到对着一个人的脑袋开枪,因为在扣动扳机的瞬间,他会想象这个脑袋里在想着什么。"

那一瞬间，郭永绵会想得跟萨特一样吗？也许，看着倒在枪下的敌人，他想起的是跟母亲何清在马来亚槟城码头告别时，说的最后一句话："到中国就有枪了，他杀我，我也能杀他。"

就这样一点一点，他们学会了打仗。幸运的是，在反"扫荡"游击作战几个月里，虽然屡经险境，他们小组居然无一伤亡。这几个月里，他们除了袭扰敌军，还在敌占区发动农民，组织起"农抗会""妇救会"等群众组织，为根据地政府征收公粮，相当于把根据地向外扩展了一圈。

几个月后，日军收兵回营，反"扫荡"不了了之。游击小组回盐城印刷厂归建，却把郭永绵单独留在新近扩展的地区，巩固组建不久的农民抗日组织，领导他们开展抵抗日本占领军的行动。

第九章
中国　江苏　兴华

从新四军卫校毕业,母亲薛联被分配到新四军一师后方医院担任医务员,也就是初级军医。同期毕业分配到一师去的一共十人。很多年以后,已是上海铁道医院院长的沈刚,得意洋洋地对我说起他们一起去后方医院报到途中他的恶作剧。

"我们十个卫校毕业生去一师报到,是排队行军的,你妈妈走在前面,挥动手臂大步走,很神气;我走在后面,拿一把小弹弓,对着你妈妈弹出一粒弹丸,正打在你妈妈手上,她吓一跳,四处查看,最终也没弄明白怎么回事儿……"三十年过去,他说起来,还得意地哈哈大笑。

我问母亲记得这事吗?

母亲没好气地说:"谁记得,那时候他最小,最顽皮。"

沈刚与母亲同年,新四军卫校毕业时,他俩都是十六岁。

说是"后方医院",其实仅是区别于火线上战地救护的医疗单位。那时候,日军频繁对根据地发动突袭"扫荡",以新四军的武力和装备,无法将敌军抵御于根据地之外,每逢敌军来袭,他们只能继续使用三年游击战争时期对国民党军的惯常战法,敌进我退,避其锋芒,日军则在根据地内肆意奔突。在此等敌强我弱的险恶环境中,一所传统的、安扎一地的整体医院,根本无法生存。

为了对应这种特殊的游击战环境,整所医院化整为零,分拆成一个个细胞级别的医疗单元:给一名军医配备一名护理员,率领几个伤情病情相似、治疗方式相同的患者,携带相对应的医药和器械,秘密隐居在可靠的乡民家中进行治疗和康复,直到痊愈,出"院"归队。

配备给薛联的护理员是个十二岁的小男孩。我没问过母亲,为什么会有年纪这么小的护理员,也许,那就是一个民族生死存亡之际,竭尽她全体成员的全部力量,奋起自救的一个微观写照。一个十六岁的少女,一个十二岁的男童,悄悄躲在在农民茅草屋里,照护着五个不能自主移动的重伤员,开始了他们在后方医院的医务职业生涯。

为了确保伤员安全,天蒙蒙亮就要把伤员抬到村外,躲进野地的青纱帐中。待到天黑,扫荡的敌军离去,他们在夜幕的掩护下,再回村落。

一天清晨,薛联和护理员刚把伤员转移进村外的青纱帐,突袭的日军骤然而至。日军的观察哨就设在青纱帐边的一棵大树上,透过庄稼叶的缝隙,薛联看见一个日军士兵抱着长枪,骑坐在高高的树干上,居高临下,警惕地查看着他脚下的青纱帐。

初夏时节,青纱帐才半人高,他们紧紧贴地趴着,才能将身体隐藏起来。太阳越升越高,青纱帐里的温度也越来越高,汗水很快湿透了他们的衣服,也吸引各种虫子叮咬,奇痒难忍,却一动也不能动,稍一动弹,就会被近在咫尺的日本兵发现。时间一分一秒过去,日军毫无离开的迹象。突然,母亲身边的一个伤员猛地坐了起来,用劲抓挠身上的虫咬之处,上半个身子露在青纱帐上面! 这是个被层层纱布包裹着眼睛的伤员,他看不见敌军的观察哨,不知道死神就在头顶上不远处。

薛联不顾一切地扑上去,把伤员按倒在地,绝望地闭上眼睛,等待着枪声响起。一秒钟,又一秒钟,野地里除了鸟鸣,一片安静。母亲用最慢的动作缓缓抬头查看,大树上日本兵恰巧在那一秒钟里转过身去,背朝着他们,没有看见冒头的伤员。如果日本兵不是在那一秒钟转过身,母亲他们就会被观察哨召来的日军围攻,毫无自卫能力的他们,就会被密集的弹雨打成筛子;我十年后来到这个世界的机会,就会在这场弹雨中化为乌有。这一次,母亲与我一起经历了命悬一线、九死一生。

那位差点毁了整个医疗小组、我母亲还有将来出生的我的伤员,后来治愈归队了。二十多年后,他成为军医大学的部门首长,来我家探望母亲,母亲还亲昵地叫他"瞎子",还忍不住笑说他被虫咬得坐起来,差一点害死大家的糗事。"瞎子"叫顾国祥,一头银发,憨憨地笑着说:"那一次是够危险的……"为写作此书查阅资料,我读到了他出版的回忆录《峥嵘岁月忆当年》,书中详细记下了那个生死关头,劫后庆幸之际,他还铭记着母亲的拼死相救。文末,他写道:

> 我给薛联同志写了一首打油诗:
>
> ……
>
> 东海盐灶打埋伏,烈日豆田避敌情,
>
> 抗战胜利同欢庆,五十年前记犹新,
>
> 而今古稀发染霜,生死情谊永不忘。

医疗小组夜间住进村里农民家,也有极大风险。日军掌握新四军后方医院的游动规律,知道重伤员不可能永远暴露在野外的恶劣条件中,他们常常会选择夜半进村,偷袭医疗小组。

与薛联一样负责一个医疗小组的女军医,是个上海来的女孩。一个夜半,日军袭击了她的医疗小组所在村庄,她被搜捕的日军堵住屋内。灯光下,她城里人白皙的皮肤和颈项上的项链,暴露了她的身份,日军大喜,要把她抓回据点,她拼死不从,赤手空拳与日军厮打,紧紧抓住门框不让敌人带走,日军恼怒,一顿刺刀,把她活活捅死。

她与母亲是新四军卫校的同学,毕业后一起分配到后方医院,她遇难的村庄,离母亲的村庄只有几里路之遥。母亲无比伤痛,到晚年还清楚记得她的姓名:"吴秀英,死得太惨了。"

母亲说,我们那时最高的气节是不让敌人活捉,宁死不当俘虏。她身上永远带着一颗手榴弹,那是留给自己的,准备在最后关头与敌人同归于尽。小时候,我在家里看到过一本发黄的小本子,里面有母亲手写的文字,有一段像是一首小诗,就写在那个最是艰难困苦的时节:

假如我死了,

也要大睁着眼,

让敌人吓一跳。

这是一个小镇少女在国破家亡之际,决死抗争的意志记录。

不久,这颗手榴弹差一点派上用场。

半个世纪后,对那一天,母亲依然记忆清晰:

1942 年初夏,我们一个重伤组有五位伤员,全是下肢骨折,集中隐蔽在九里沟的一户人家。因前一天接到通知,说敌人近日内不会出来"扫荡",为了减少搬动给伤员增加的痛苦,拂晓前没有将伤员疏散到野外隐蔽。早饭后,我们正准备给伤员清洗伤口并换药,突然看到西南方向有群众向我们这边跑,不一会就看到日伪军扛着太阳旗在村前一条小路上走来。伤员已来不及疏散出去,只要从房子里走出,就会暴露目标,情况万分紧急……

母亲走回房间,关上房门,从挎包里掏出手榴弹握在手中,挨着门静静坐下——最后的关头到了。

躺在地铺上的伤员一声不吭,他们都已经准备好与敌人同归于尽。

为首的伤员是个排长,他招手让母亲过去,母亲走到他身边,他一把从母亲手中夺过手榴弹说:"你跟护理员赶紧跑,你们能跑!"

母亲哪里肯? 使劲从排长手中抢夺手榴弹。

排长紧紧攥住手榴弹,说:"你俩年轻,不要做无谓牺牲,快跑!"

母亲倔强地说:"要死死在一起!"

排长急了,低声吼道:"我是党小组长,你是党员,我以党的名义命令你,撤! 服从命令!"

房东大娘走进来说:"你们两个孩子赶紧跟我出去,这里交给我。"不容分说,大娘把母亲和护理员拉出屋去,领到屋后水塘,让他们跳下去,用水草盖住他们露出水面的脑袋。

大娘关好房子的前后门,搬过一台纺机,在前门口坐下,镇定自若地纺起纱来。

忽然,在我们村子西边响起了一阵枪声,我师八团的一个排和敌人遭遇上了。日伪军听到枪声,慌忙调转头,直向我们村子而来。我们隐蔽在房后沟浜里,能清楚地听见日军的翻译大声责问大娘"新四军到哪里去了",机警的大娘用手向西指点,并回答说:"新四军向西去了。"由于枪声越打越紧,敌人绕到村后小路,直往西面跑去……

母亲和护理员从水塘里跳起身,浑身湿淋淋地冲回到屋子里,见到地铺上的伤员,仿佛别离了一个世纪,也仿佛浴火重生,他们忍不住热泪长流。

这一次又是九死一生,若不是最后关头房东大娘挺身而出,救了母亲和整个医疗小组,母亲手中的那颗手榴弹必然拉响爆炸——我未来出生到这个世界的机会,也会在爆炸声中永远消失。

薛联对大娘的救命之恩终身铭记,五十年后,薛联年逾花甲,专程去了那个叫做九里沟的村庄,找到了当年遇险获救的那座房子。那位堪比施展空城计、城头抚琴的诸葛亮的大娘已经去世,她的儿子也白发苍苍,母亲握住他的手,仿佛重回那段战火映红天空的岁月。

事实上,这段血腥残酷的时光浸润了她一生,她花了一辈子的时间,也没能从中走出来。五十多年中,不知道多少个夜半时分,我都被隔壁卧室里传来的母亲的绝望喊声惊醒,我拍着她卧室的门呼喊:"妈妈,醒醒,醒醒!"

母亲从梦魇中挣脱出来,含混地说:"被鬼子追得没路跑了……"

被日军追得无路可走的恐怖梦境缠绕她一生,夜深人静、万籁俱寂时分,母亲意识深处那些惊恐和绝望,悄无声息地浮出大脑皮层褶皱,不可控制地把她推下体验死亡的深渊,反反复复、永无休止,直到她耄耋之年罹患阿尔兹海默病,才随着她人世间所有的其他记忆一起消散。

我来到美国后,才知道有一种病,叫"创伤应激综合征",那些美国越战老兵从血淋淋的战场归来,被残酷的记忆折磨得痛不欲生,伤人、自杀多有发生。我想,母亲实际上也罹患此病,只不过在革命的意识形态语境中,它没有容身之地。天天在死亡追杀中奔逃,时刻准备与追杀者同归于尽,这种恐惧和绝望,一定会融进一个十六七岁少女的血液之中,永远不能消解。

第十章
中国　江苏　东台

　　送走了一起出生入死的小组战友,看着他们的身影消失在地平线上,江淮平原苍茫辽阔,暮霭缓缓升起,郭永绵孤身一人,像一艘小船,缓缓滑进未知的水域。

　　今天看来,组织上的这个决定不无唐突:让一个二十岁、没有任何国内生活经验的外国城市青年独自一人留在苏北农村,就像让一滴油漂在水上,格格不入。连语言都半通不通,遑论鼓动农民、组织群众、对敌作战。也许,是郭永绵在反"扫荡"的几个月里展示出群众工作的特长,让组织慧眼掇英;也许,农村工作奇缺人手,找到谁就是谁,多一个人多一分力量。总之,后来的事件发展,证明了这一项组织决定倒也不算离谱——他不辱使命,完成了任务。

　　就此,郭永绵调离新四军,划归地方政府。他负责的地区是东台县城外的八仙团地区,具体的工作有两项:群众工作,搜集情报。

很多年后,他引以为豪的政绩有两件。

一件算是群众工作。

反"扫荡"开始时,大部队撤离,留下了大量来不及带走的公粮,还有一批得来不易的电线杆子。这个地区紧挨着敌占区,敌人获取了这个情报,四下搜寻这两批物资。县政府指令郭永绵调集人力,务必把这两批物资运到根据地的中心区域,决不能落入敌人手中。郭永绵联络当地的农抗会和妇女会,组织起大批农民,乘着夜色,肩挑手抬,人衔枚、马裹蹄,在敌人眼皮子底下悄无声息地运走了这些战争物资,圆满完成了上级交付的任务。不久,他得到了东台县委书记杨辛的大会表扬。

另一件是搜集情报。

郭永绵的游击小组曾经袭扰过的二里桥,是敌军的一个重要据点,像一个硬刺扎在根据地的皮肤上,县委一直想拔掉它。这个据点戒备很严,我方无法知晓据点里的兵力和火力配置情况,贸然发起攻击会造成严重伤亡。县委把搜集据点情报的任务交给了郭永绵。

郭永绵无师自通地发挥起想象力,从农民那里弄来一件破棉袄、一顶有着红顶子的瓜皮帽和一个油瓶子,穿戴披挂好了,活脱一个流浪汉。这种化妆术,多少带有他在马来亚看的美国黑白默片的印记,喜剧人物式样,有点蠢、有点脏,让人不存戒心。他就这副模样在据点周边四处逛游。转了半天、找不到进据点的机会,郭永绵转身想走，据点里突然冲出一群军人，呼啦啦散开，见人就抓，他还没有清醒过来，就被当兵的抓住，连推带拉地跟一大群农民一起被带进了据点。一阵乱哄哄之后才弄清，日军要修整据点、搞土方基建，临时把他们抓进来当劳工。真是天赐良机，郭永绵乘机在据点里四处走动，眼睛瞄着炮楼和地堡的射击孔、机枪巢、鹿砦和铁丝网，所有位置都在心中一一记住。

一整天很快过去，傍晚，日军放农民出去。据点大门边，日本兵挨个对农民问话，问清哪个村的，叫什么名字，每人发一支香烟，道一句"大大地辛苦了"，然后放行。轮到郭永绵回答，他愣住了：不能开口说话，他一口广东国语，一开口暴露无遗。他僵直站立着，一脸茫然。守门的卫兵顿时起了疑心，警惕地瞪着他，一手去拿身边的枪支。他进不能进，退不能退，千钧一发，危在眉睫。

就在这时，被围捕进来的一个认识他、知道他是新四军的农民急忙上前，对卫兵说："我们是一个村的，他是个傻子，哑巴，不会说话。"

卫兵再次审视他的脸，确认后挥挥手，放他出关。

后来，这事儿当笑话传开，当地老百姓都把他叫做"郭呆子"，再往后，越传越不像话，说他当场被吓傻了，拿着个子弹壳当哨子吹，这才被日本人放了出来。这种说法无疑伤了他的自尊，让他耿耿于怀。

不过，郭永绵搜集的情报完全满足了攻击据点的需求。不久之后,县委根据据点里日军的兵力火力配置,有针对性地调集部队,制定攻击方案,一举攻下二里桥据点,拔掉了这个扎在根据地皮肤上的毒刺。

郭永绵应调留在地方,不辱使命,出色地完成了任务,这似乎更坚定了上级使用这个归国青年华侨的决心。

1941年5月,郭永绵应召出席东台县群众工作会议,到会的都是脱产干部,会议的中心议题是讨论发动群众加速建设民主根据地。在这个茂密树林环绕的地主大宅院里,郭永绵的身份尴尬之处凸显了出来:县委组织部长何庆又一次提起郭永绵的党籍——这个让他头疼了一年多的问题。

一年前,在香港的八路军办事处,郭永绵已经详细说明,他隶属马来亚共产党怡保区委,既然他已回到中国,组织关系怡保区委自会转移过来。

一年多过去,马共归国党员的关系纷纷转来,与他同期回国、同期在香港八路军办事处转接关系的黎扬、戴英浪也转接成功了,虽然也是一波三折、久等不至。黎扬在1993年发表的回忆录《征程追踪》里,记叙了其时的焦虑和兴奋:

我从新加坡被驱逐出境回国时,我的党的关系,组织上曾说负责给转移,怎样转移,香港是否转出来?现在转到哪里了?我全不知道,我怀着渴望的心情天天盼,就是盼不到,因而感到苦恼,有点失望,担心我的组织关系在转移中失落。

在反"扫荡"中,军特务团掩护军部机关由盐城向阜宁转移,在途中,我遇见戴英浪同志,他高兴地告诉我,我们的组织关系已转到华中局曾山同志那里了。我一下子蹦起来,立即跑去华中局找曾山同志,曾山同志吩咐干部科长朱讯同志接待我,朱讯同志拿出一个长形小本子翻阅,问我的姓名,起初我报"小罗""罗英",他翻了又翻,看了又看,说没有。停了一会他又问,你还有别的名字没有?我答:原姓名林潮水。朱讯同志高兴地说:有了,是香港廖承志同志电告重庆周恩来同志转来的。这是一个重要的喜讯,它给我带来了莫大的安慰和鼓舞,我陶醉在这一幸福的喜事中,激动得久久不能平静。我的组织关系,通过地下航线,通过一道道电波,由香港转到重庆,由重庆转到苏北解放区,由地下党转到武装部队的党,这真是一件来之不易的大喜事!我由衷地感谢组织,特别是廖承志同志、周恩来同志对我政治生命高度负责和深切的关怀。

黎扬和戴英浪幸福的喜悦,让郭永绵备感失落和焦虑,同期回国的马共党员,只剩下他一个人的组织关系仍然石沉大海、渺无音讯。这让他大惑不解,从一开始,马共发展他参加一个又一个组织,都是有了介绍人同他谈话、介绍他加入,他就算成员了。加入马共也是这样——马共怡保区常委伍添旺做了他的入党介绍人,对他提出以后要按党员标准来要求自己。之后,他就参加了马共党支部的会议,接受各种党的任务;罢工失败,马共启动撤退计划,第一时间安排他通过马共的地下交通线撤出槟城。

他一直对自己说,可能因为自己被秘密逮捕,怡保区委不知道他的踪迹,所以自己的组织关系一直拖着没有转移。他也对新的工作单位——新四军政治机关和东台县委这么解释。所以,他的组织关系就一直处于空窗期,不是党员,很多工作职务就不能出任。

这一次,东台县委组织部长何庆提出了一个方案:与其这么无限期地等待马来亚共产党的组织关系,不如现在加入中国共产党,以后马共组织关系转过来,党龄再从马共提供的日期算起。这样既不耽误现在的工作安排,也不违反组织原则。

郭永绵也厌倦于久久不是党员的状态,当场接受了这个好意的方案,何庆随即表示,她愿意做他的入党介绍人。她让郭永绵填写了入党志愿书。一天以后,东台县委书记杨辛批准郭永绵入党,因为他的出身是工人,按照党章规定,不需经过候补期,当天就是正式党员了。杨辛对他说:"你现在是正式党员了,工作要比从前更好。"

这次全县会议结束,郭永绵便被任命为东台县海丰区的区委委员兼宣传科长。

郭永绵高高兴兴地去新单位报到上任。他哪里知道,这次快捷入党日后竟成了他党内生活的一个祸根,祸延数十年。

第二次入党后的郭永绵职务一再变动,海丰区宣传科长的位置还没坐热,就被调到东台县委宣传部任干事。就在这时,东台县富安区突遭日伪军袭击,区委书记冷剑和区大队长周曙一起被捕,富安区委瘫痪。东台县委临危授权,重建富安区委,派遣郭永绵接任区委委员、区大队长,主管富安区的地方武装;区委书记则由上海来的女工、区委组织科长杨炯接任。

在父亲的叙述里看到"杨炯"这个名字,让我十分意外——我认识杨炯。

20世纪60年代,家中时有一个中年女工来访,她身材瘦小、皮肤泛黄、神情谦卑而拘谨,对小孩子说话也客客气气,好像生怕惹人不高兴。母亲很尊敬她,让我跟她见面叫"阿姨好",让外婆做好饭好菜款待她。她走之后,母亲告诉我,这位阿姨是个抗日英雄。那年,母亲薛联在新四军一师后方医院当军医,一天,当地老乡用门板抬来一个头部中枪的重伤员,他们哭着恳求薛联一定要救活这个伤员。他们告诉薛联,这个伤员是他们的区委书记,昨晚区委开会,会场被敌人包围,敌军冲进来,枪口对着区委书记的脑袋,大喝"谁也不准动",书记不顾顶着脑袋的枪口,一伸手,打翻了桌上的油灯,屋内顿时一片漆黑,其他与会者趁黑逃走,书记却被一枪打中头部,当场倒下。敌人一无所获,悻悻而归,附近老百姓赶到会场,发现书记还有一口气,这才连夜抬来这里。

薛联揭开包着伤员头部的衣服,倒抽一口冷气,伤员的脑袋肿得像簸箕那么大,整个头部发黑,深度昏迷,生命垂危——她就是杨炯。

后方医院调集所有力量,竭力抢救杨炯。终于,杨炯度过了垂危期。但是,新四军战地医院的条件无法使她康复,经过军队和地方政府的协调,批准杨炯隐蔽身份去上海治疗。上海虽然是敌占区,但医疗条件远胜穷乡僻壤的根据地,新四军遇上疑难杂症,赴上海治疗是常事。加之杨炯参加新四军前就是上海的纺织女工,回上海养伤也是顺理成章。

薛联送杨炯出院,杨炯去了上海。薛联看着杨炯乘坐的小船消失在河道的薄雾中,从此,她再也没有杨炯的音信。

母亲和杨炯再次相遇已是十几年后,不知道她们是怎么联系上的。母亲告诉我,杨炯伤好后失去了跟组织的联系,没有回根据地,她只好留在上海,去工厂干活,如今就是一名普通的女工,谁也不知道她在烽火岁月中那一段惊心动魄的经历。只有母亲,对杨炯的敬佩一如从前。

直到20世纪80年代,翻案之风席卷中华大地。母亲建议杨炯向组织上申诉,要求恢复党籍和革命资历。杨炯回去,写了一叠申诉材料,拿来给母亲看。母亲看了连连摇头,说太啰嗦了。于是母亲自己动手,一页一页替杨炯修改。材料寄出去了,不久,杨炯提着一个食品礼盒,满面喜色地来到我家,告诉母亲,她的申诉有了结论和结果:她的党龄从她 1930 年代在上海纱厂加入共产党算起,按照规定,她属于第二次国内革命战争的党员,享受红军待遇,政治上、经济上都翻身了。我对母亲开玩笑说,你才是个抗战干部,杨阿姨是老红军,资历比你老了哦。母亲心悦诚服地说,她本来就是英雄嘛。

人逢喜事精神爽,杨炯明显变得自信了,说话爽朗、行动快捷、看人的眼神不再躲闪,变成坦荡的直视,隐约有那个枪指着脑袋也不投降的女区委书记的风采了。后来,她也常常接受有关部门的邀约,给年轻人做革命斗争的报告,来我家的次数越来越少。

行文到此,我忽然发现,远隔千山万水、永无相会可能的父亲与母亲,在 1942 年 2 月的那一刻已经非常接近了,近得只隔着一个杨炯、只隔着一个夜晚。

杨炯被敌人枪击倒下,父亲就在她身边;一天后,杨炯被抬到母亲身边,接受治疗。父亲与母亲的生命轨迹,在战火中逐渐靠拢,近在咫尺。但是,他们的相交还需时日,相交之前,他们还要通过许多的生死关卡。

第一个生死关卡,首先出现在父亲的人生轨迹上,就在杨炯枪击倒下的那一晚。

关于那一晚,父亲是这样叙述的:

1942 年 2 月 19 日(农历正月初七)晚,也就是我到职后的二十天左右，我们在区公所召开区委会（区公所当时驻在梁家墩，离富安镇十多里），大约八九点钟，游击连和一个乡自卫队的同志都入睡了（他们就住在区公所隔壁），突然我们的大门被踢开了，闯进来五六个人，带头的穿便衣，有一个人用快慢机向我们扫了一梭子子弹，子弹从我们头上飞过，杨炯和陈光爱刚站起来，就负了伤。这时，我听到许多脚步声朝游击连和自卫队的屋子跑去。闯进来的敌人只留下坚守的人，其余的也退出去。我把洋蜡弄灭，躲在桌子下面，我没有武器，想到身上的挎包里有全区党、行政、武装、民兵等组织名单及文件，我就把挎包扔进水缸里（后来组织把挎包拿回去了）。当时我认定只有大门能出去，我向大门口爬去，被敌人发现，喝令我停下，我喊："中国人不打中国人。"伪军开了一枪，打在我身旁，泥土溅在我脸上。敌人用手电筒照射，发现了我，把我捆起来。敌人又用手电筒照射室内，发现杨炯负伤倒在地上。敌人没有加害她，其余的区委委员不知用什么办法跑了。

在这份父亲写于 1975 年 10 月 20 日的《我的历史关节》的"交代材料"中，那个恐怖夜晚的开始阶段，与母亲讲述的杨炯经历是一致的：都是敌人突然闯进区委开会现场，打了杨炯和父亲在内的富安区委一个措手不及，区委书记杨炯首先中弹倒下。唯一的差异之处是，母亲在讲述杨炯那一个临危不惧之夜时从未提及父亲，显然，她根本不知道父亲也在场，不知道父亲与杨炯曾是那么贴近的同事和战友。

于是，关于那一夜事件后来的发展，两人的叙述就出现了分歧。在父亲的叙述里，敌人一进门就开枪，打倒了站起身的杨炯，会场照明的"洋蜡"是在杨炯倒下后，由父亲趁乱弄灭的，这样，他才得以把文件挎包扔进水缸，避免了更大的损失。这与母亲叙述中，杨炯英雄壮举的最关键一点——被敌人用枪指着脑袋时依然伸手扑灭油灯——大相径庭。

不知道为什么，我更倾向于母亲对于杨炯的叙述，也许是那个场景更富于烈士献身的圣洁、更像一部画面壮美的电影，而不是父亲所描述的在混乱中扑灭蜡烛、躲到桌子下再贴着地面往外爬的狼狈场面。父亲的叙述中唯一让我感到心安的是，值此枪弹横飞的生死关头，他还想着把机密文件隐藏起来，这分清醒和勇敢，配得上他在那个时代中的位置和尊严。

如同许多历史事件一样，这件事的细节真相已不可考，但在主干上，这个夜晚算得上脉络清晰、并无瑕疵，都是共产党人一息尚存，犹在抗击入侵敌军。

父亲是在这个夜晚被捕的，由此开始了另一段险象环生的人生历程。母亲虽然知道父亲被捕的往事，但她对父亲正是在杨炯被袭受伤事件中被捕一事毫不知晓。所以，母亲对那一晚后来发生的事，也同样毫无所知。

那一夜后来发生的事情，父亲自己的叙述是这样的：

敌人把我提到门前的场上,这时我看见他们拉了许多人,一些人正陆续从屋里出来,有的还边走边穿衣服,看来他们被堵在被窝里了。被捕的大约有二三十人,我到这里只有二十天,而且大部分时间与区委书记认识干部党员,很少到游击连,所以不大认识这些人,叫不出名字。枪支损失不详。

被捕的干部除了我以外,还有游击连政指(党员)孔宪友、游击连副官张大成、乡自卫队政指(党员)陈泽。我们四个干部都被绑,用一根绳子串在一起。我还看到绑着一个戴白色孝帽、穿白孝衣的人,这个人是游击排长方子才,他因母亲死了,请假回家治丧,不知因何也绑在这里。以前我一直认为我们被捕的原因很可能是由于他回家治丧,他家离富安伪据点很近,被敌人捉住,强迫他带路来袭击我们的。现在才知道是由于游击连的班长薛松仁、崔广材、吴咎要当了叛徒,勾结敌人,造成这次事故。

敌人在场上集合完毕,就向富安出发,一被捕我就筹划如何应付敌人。走到半路,敌人停下来,伪军官审问孔宪友,说要枪毙他,大概是问他要枪吧。以后又问我们的姓名,干什么的。我回答:"郭俊凌,在区公所帮助抄写的。"(我取俊凌的意思,是苏北口音"俊凌"与"永绵"相近,以免万一有人叫我真名时暴露了。后来在富安到东台之间,敌人把"俊凌"写成"凌俊",我也就没改过来,从此就叫"郭凌俊",这三个字是一样的,只是颠倒了,除此以外,我没用过别的名字。)

游击队长叶海如当晚也在家中被捕了。他因肺病长期在家中养病，到富安后牺牲了。据说，他原是国民党的军官，我军东进时，把他们打垮了，他即参加我军，后任游击连长。他有一个国民党的把兄弟，在富安镇当伪军营长，曾派亲信来劝他把游击连拉过去当伪军，他把这个奸细交抗日政府处决了，这回敌人抓住他，就把他杀害了。

　　被荷枪实弹的敌军押着，郭永绵跌跌撞撞，走在黑暗的乡村土路上。这一夜，他身边战友和同事死的死、伤的伤，他则被绳子紧紧捆住，押往敌军据点，难逃杀头一途。猝不及防地，身处的世界崩塌了，生命也毫无征兆地来到了尽头，他才二十一岁，却要死了，再也看不到太阳升起、看不到世界万物和遥远的母亲，他要从这个世界消失了，如同他从来没有来过这个世界。

　　第一次面对真真切切的死亡，父亲应该想起了何清奶奶临别时的预言："到了中国，不比这里，在那里被抓住，是要杀头的。"在这生命的最后时刻，他后悔过参加共产党的这一招来杀身之祸的举动吗？要不是参加共产党，他此刻应该在槟城报社的排字间上班、在关仔海堤的清风里漫步、与体贴的女友筹划未来。现在，他却要被人轻而易举地杀掉，如同杀掉一只鸡，草率地埋进黄土，再也无人知晓。

　　整件事荒诞而恐怖，如同一个噩梦。

第十一章
中国　苏中　东台

事件发生的半个世纪后,我面对的这位臃肿迟缓的老人,已经无法与彼时彼地那位被绳索紧紧捆绑、年轻的区大队长联系在一起。事实上,父亲在富安区委偷袭被俘后的表现,展示出与他年龄不相称的冷静、勇敢和成熟,远远超过了后世的想象和推断,让我对他刮目相看。

这是他以共产党员身份面对的第三次被捕,经过前两次的磨砺,他对失去自由、面对刀俎的个体绝境,已经有了不同于常人的心理基石。这块基石带来的特色,很快就在一同被俘的战友中独放异彩。

天不亮,他们一行五人就被押解到敌人的据点富安镇,关进了伪军69旅周崇道团部的一座小碉堡。这座小碉堡里还关押着两个人:富台区原区委书记冷剑和原区大队长周曙——父亲的前任,他俩的继任者——现任区委书记杨炯和区大队长郭永绵,在这个晚上又是一伤一俘,中国共产党富台区委员会可谓多灾多难、命途多舛。

小碉堡里挤着七个人,由于不是第一次被囚禁,郭永绵并不慌张。他左右查看,发现小碉堡的一个墙角有明显的缝隙,他用手指抠了一下,发现泥土并不坚硬,便决定挖开墙角,趁着敌人防范未严,抓住第一时间迅疾越狱脱逃。

他的提议刚一说出,就遭到冷剑的反对,冷剑大声说:"你们不能走,你们一走,我就不行了!"他戴着全副的手铐脚镣,那是敌人得知他区委书记的真实身份,给予的重点看管。

郭永绵看着冷剑浑身上下沉重的戒具,确认仅凭双手无法解除,冷剑无法与大家一起越狱逃跑。留下冷剑的后果,很可能如冷剑所害怕的那样:敌人羞恼之际,会对他施加残酷的报复,直至处死他。父亲遂放弃了挖墙逃跑的第一方案。

这个插曲,让后世看到相比文艺作品中共产党人有所不同的节操,这位前区委书记怎么会为了一己私安,而让六位部下陪葬呢,共产党员不是应该"你们先走我掩护"的吗?

事实上,这是一位勇敢而坚强的前区委书记,他被捕后没有透露党的机密,在威逼利诱下没有成为叛徒。正是他在狱中的坚守,才使得富安区委的重建得以迅速完成。而一刻,他否定郭永绵挖墙越狱的提议,是他求生本能的表现,他不希望在战友们脱逃后,自己一个人孤零零地死去,战友来到身边让他燃起了生的希望,让他期盼起另辟蹊径的生路。

父亲理解冷剑的想法和感受,这也让他在其后的日子里,把所有被捕战友的安危当作一个整体加以照护,不惜为此付出了自身安全的代价。

既然不能越狱,就要面对敌人的审讯。这一次,他在马来亚的两次被捕的经历和在英国监狱中应对审讯的经验,在万里之外的苏北日伪监狱中得到全方位的借鉴和使用。

我、孔宪友、张大成、陈泽四个党员干部就研究如何对付敌人。我们约定:无论如何不能承认是党员,彼此不能出卖,不能泄露党的秘密,把职务说得越小越好,到新四军的时间越短越好,口供根据个人情况自己编,然后互相交换,以求一致。

为应付日伪军审讯所编造的个人履历,非常值得玩味。

郭凌俊,二十岁,原籍广东,父亲在马来亚开矿山,家庭富有,送我到上海租界念书,因太平洋战争爆发(1941年12月),日军占领租界、学校停课,我即失学,也因太平洋战争的关系,我与家里音信不通,失去经济来源,生活发生困难。后来听同学说,苏北有一个军政大学,念书不要钱,还免费供给食宿,我就来苏北求学。路过东台,县政府的人告诉我,开学还早,叫我先做些工作,开学时再走,我就在区公所帮忙抄写,不料被你们捉来。

这段故事环节严密、逻辑严谨,既解释了他浓重的广东话口音,也因为跨越地域辽阔,无法查证真伪,把一个流落在苏北大地却操着一口广东话的年轻人的怪异来历,做了自圆其说甚至是天衣无缝的解释。父亲没有受过一天谍报人员的专业训练,他的反侦察反审讯的专业技能,算得上自学成才了。

我却在这段假造的履历里,看出了另外一种父亲自己也未曾料到的情结。

由于是随意的假造,父亲就可以像对着阿拉丁神灯一样,毫无顾忌地说出内心的愿望和梦想。在这里,父亲很可能说出了他自幼最大的梦想:有一个富商的父亲,最好是富到能开矿山的那种巨富,可以让他上学,最好是能够任意地出国留学。我相信,父亲十二岁那年,在炎热的锡矿矿坑里,在如火的骄阳下,背负矿砂,如牛如马,累到汗流浃背、视线迷糊之时,他心里就盘旋过"要是拥有这座矿山该多好"的迷离幻象,他就不至如此劳累,如此困苦;这个幻象有个灿烂辉煌的顶点——那就是上学读书。这也是他其后不顾一切离开噩梦般的矿山,去槟城完成学业的动力。如果不是无孔不入的马共党员对他进行见缝插针的阶级启蒙,他会从小职员的起点开始,努力往上爬,无限接近他的梦想。现在,他是一名共产党员,高举着消灭私有制的无产阶级先锋队的红旗,向他曾心向往之的富商阶级发起攻击,要创造一个平权的社会,并因此而一次又一次身陷囹圄、生死莫测。而他早年的梦想,却用潜意识的姿态出现在他编造的履历和供词里,帮助他反抗阶级敌人的迫害。

这段华丽的假履历,真实地帮上了郭永绵。第二天,审讯开始了,主审的是据点最高长官——伪军团长周崇道,郭永绵把假履历说了一遍,周崇道听到"在上海念高中"一节,问了一句:"你读过共产主义三民主义的书吗?"

郭永绵回答:"在上海上学只是学习数理化,不读政治书籍。"

周崇道没有再追问,整个过程没有用刑逼问口供,也没有找人辨认身份和当面对质。至于是不是南洋富商的娇贵公子的落难故事让这个团长态度软化、心生几分温和,就不得而知了。

在所有被捕人员都过堂之后,他们一行就被押往东台县城,以展开更高一级的审讯。他们四人被手铐两两捉对铐上,上船,经水路进了东台县城。县城里驻扎着日军宪兵队和汪精卫政府的"和平反共建国军"69旅。他们被关进了旅部特务连的监狱之中。

第二天一早,又是集体过堂,主审的官员升级了,端坐上方的是69旅旅长赵军山本人,这个旅长是个上海流氓,趁着抗战爆发之乱拉起队伍,谁给他发军饷他就跟谁,结果就跟了汪精卫,当起了汉奸。这次一下子抓到是十一个共产党,旅长大喜过望,亲自登堂。最先提上来的是一个本旅的逃兵,旅长不由分说,打了逃兵一顿板子,让富安游击连的新四军俘虏看着,算是杀威棒。

逃兵打过,血肉模糊地被带了下去,赵军山开始审新四军。第一个叫把郭永绵提了上来,郭永绵熟练地把富安镇的口供又说了一遍。草莽旅长听过,觉得合情合理,一时间也找不出破绽,之后,一个个人都重复了一遍原先的口供。旅长听得了无趣味,挥挥手,示意都押回牢房里去。只不过把郭永绵等四名干部留在特务连的牢房,其余七名战士送去了县监狱。

回到牢房,他们庆幸事先口供准备得天衣无缝,谁也没有暴露共产党员的真实身份。日伪军对共产党员是杀无赦,只要不是党员,就还有生路。

不料,一个看守他们的士兵隔着栅栏,压低嗓子叫了声"郭政委",把郭永绵惊得当场愣住了。定睛一看,还真是熟人——郭永绵在海丰区当过区大队政委,这个小兵是游击连的战士,在一次战斗中被伪军 69 旅俘虏,就留下当兵了。郭永绵见他人还本分,当即告诫他,不能泄露自己的身份。

小兵点头,还告诉他,海丰区的钱粮股长程伯屏也在东台城里。这个程伯屏郭永绵也认识:程伯屏被日本人俘虏,反水当了伪乡长,但他的儿子是共产党员,所以他一直跟新四军保持联系。

郭永绵敏锐地察觉,这是一条接通组织关系的通道,他决定冒一次险赌一把:让小兵去找程伯屏过来。

小兵真的把程伯屏找来了。程伯屏一见到郭永绵,诚惶诚恐地表示愿意为"郭政委"效力。郭永绵拿出事先写好的一封信,信是用薄纸写的,卷成香烟大小,让他送到东台县委书记杨辛手中。在信里,郭永绵讲述了他们一行的现况,表示决不叛变的决心,请组织营救,末尾还写了四句诗,以明永不叛党的心志。

程伯屏收下了信,郭永绵又向他要钱,在牢里天天吃锅巴,吃不饱,要钱好买些吃的。程伯屏一一答应了。

过了几天,郭永绵对监狱里的情况更加熟悉,他打听到,被捕的新四军,只要还没有交到日本宪兵队手里,通常可以花钱把人赎出去,也可以自己提出申请留在伪军里当差。他把这两条出路又写在一封信里,叫来程伯屏,让他把信送给杨辛,请组织上根据他摸到的新情况尽快来营救。

能做的都做了,他们只能平复心情,等待回音。

没几天,那个特务连的小兵又带了一个人来见郭永绵。这人叫何明,原先是国民党军官,后来投奔了新四军,郭永绵在海丰区当区大队政委时,他是大队的军事教官,给大队干部上军事课,后来吃不了苦,又逃离根据地,投奔了汪伪军的东台县大队。他一见老领导,有些羞愧也有些亲近,一个劲儿安慰郭永绵不要害怕。郭永绵只好把口供里的新身份告诉他,让他不要暴露自己的真实身份,他满口答应。

认识自己的人越来越多,危险也一天比一天增加,一旦消息泄露,敌人知道关押着一个共产党的区委委员、区大队长,势必难逃一死。虽然来探视的人都一口答应保守秘密,但这些承诺都如同写在水上，一阵风就会吹散。眼见的境况一天比一天失去控制，郭永绵心焦如焚。

就在这时，有个彪悍的军人来看郭永绵，指名道姓要见他，让他十分意外，也很是紧张。这人一张口就是浓浓的广东口音，很快，郭永绵就用广东话跟他交谈起来。

这人是旅长的卫士，叫杨义忠，原先在十九路军里当兵，是个神枪手，一枪能打断电线。他也参加了南京保卫战，跟日本人血战了好几天，城破之后，他从长江边的燕子矶下水，幸好南方人会水，他抱着一根木头漂过长江，逃到江北，躲过了震惊世界的"南京大屠杀"。他一个广东人举目无亲，无以为生，遇上赵军山的 69 旅，就留了下来，旅长看他好身手，就让他当贴身卫士。他的老乡观念非常重，听说特务连牢房里新近关了个广东人，就过来看。

交谈之下，一见如故，他俩当场认了乡亲，杨义忠马上掏钱，买了一海碗面条给郭永绵吃，还告诉他，如果没有人赎出去，也可以用给军队当差的方式出狱，等以后有人出钱再领走不迟。如果愿意走这条路出狱，他可以当保人。

杨义忠走后，郭永绵把面条分给难友们吃，一起商量这个天上掉下来的脱逃机会。杨义忠临走时留下的话打动了他们："其实，你真的想要回家，就先出来，到时候还不是说走就走了。"商讨结果，他们决定先出去再说，用郭永绵的话说："东台城外三里，就是新四军的地盘，一个跑步就回去了。"而在牢里多待一天，被识破的风险就多一点,早走早好。

于是,郭永绵又把杨义忠找来,答应出去做事,请杨义忠担任他的保人。杨义忠满脸喜色,一口答应。

很快,杨义忠回来,直接把郭永绵带去旅长赵军山的公馆。

赵军山显然已经得到杨义忠的介绍,对郭永绵的情况颇有了解,直接问他,出来了有什么打算?

郭永绵说:"还是想回家读书,现在回不了家,就找些事做做。"

赵军山倒也宽宏大量,说:"你就在这里做事,要好好干,遵守军纪。"说着又指指杨义忠,"你老乡保的你。"

郭永绵说:"一定好好干,决不连累他。"

赵军山委任他为69旅参谋处文书,随后写了个条子,让杨义忠拿着条子,领他去办手续。

杨义忠手持旅长手书,领着郭永绵,先去参谋处报到,参谋长确认郭永绵为上士文书,再去了军饷处,上了花名册,算是入伍在案;最后又去了军需处,领了军装被服。一个上午走了几个地方,办好了入伍手续,在旅部的卫士排住下,正式成为69旅的一名文书。

郭永绵记得,这一天是1942年3月10日,距2月19日晚区委会被袭被俘,过去了二十多天。

郭永绵随后找到程伯屏,在他家中又写了一张条子,内容是:"我已经出来,其余三人仍在狱中,我是立即回来,还是暂时留下,请赶紧与我联系。"郭永绵要程伯屏务必把这条子送到县委书记杨辛手中,并把自己的出狱以及当上旅部文书的经过告诉了程伯屏,让他转告县委。

"这是我托程伯屏送的第三封信,但我始终没有从他那里收到一封回信。"程伯屏信誓旦旦地说信都送了出去,郭永绵一直没有搞明白收不到回音的缘由。

一年多后回到根据地他才得知,1942 年 2 月 19 日晚上富安区委被袭,第二天,幸存的同志赶回现场,找回了杨炯的驳壳枪和郭永绵藏匿在水缸里的挎包。消息传回根据地,郭永绵在袭击中牺牲。从他的挎包里,他的同志找出他写的几首诗,根据地的报纸《滨海报》加以发表,以此来追悼和纪念他——一个牺牲在中国抗日战场上的华侨青年。

这也许是他一直没有接到回信的一个原因。

我出狱后,没有马上跑回根据地的原因,是因为还有三个党员没有出狱,我一出狱就跑了,必然会引起敌人的注意,对他们就很不利。我不能只顾自己而坑害同志。所以,我出狱后首要的任务是设法和组织取得联系,设法营救他们,从组织那里得到对我行动的指示。我到监狱去看孔宪友等三人,告诉他们我在伪参谋处当上士,正在找关系与组织联系,设法营救他们。

我还到县政府监狱,给那七个战友送食物。总之在患难中,我不会丢弃同志们。(摘自《我的历史关节》1975 年)

重获自由后,父亲没有不顾一切在第一时间逃走,而是选择留在随时会暴露身份、招来杀身之祸的险恶之地,冒险营救战友,这让我心生钦佩。这份忠诚或者说是义气,让父亲显示出一种人格的高贵。

郭永绵在等待根据地的指示,日子一天天过去,指示没有等到,却又等来了让他面临暴露身份的相认。

旅部特务连的连长杨甫突然来找他,单刀直入地问,认不认识一个叫夏玉甫的人?

郭永绵愣住了——他认识,这个夏玉甫是根据地丰盈乡的共产党乡长。他不知道特务连连长用意何在。

这个特务连前身是东北军,参加过南京保卫战。战事失败后败逃苏北,流落途中被汪精卫的和平军收编,成了伪军。

特务连长的政治态度难以判断,今天反正躲不过了,郭永绵含混地点点头,表示认识。

杨甫说:"他是我老婆的叔父。"

把一个共产党乡长认为亲戚,这明显是在跟共产党套近乎,看起来,自己的身份已经暴露,郭永绵谨慎地沉默着,等杨甫说下去。

杨甫接着说,他跟"海里"有联系。

根据地靠着黄海,所以当地人把根据地简称为"海里"。

郭永绵问："'海里'常有人来吗？"

杨甫做了肯定的回答。

郭永绵破釜沉舟，说出石破天惊的一个要求："下次'海里'来人，让我见见。"

杨甫并不诧异，一口答应了。

之后的两三天，父亲在忐忑不安中煎熬地度过，杨甫的造访如果是一个圈套、是一个试探，那么杨甫就会把他的要求报告日本宪兵队，他就死定了；但这也可能是个机会，他就能跟组织联系上。他没有别的办法跟组织取得联系，他决定用生命做赌注，赌上一把。

四月油菜花盛开，大地一片金黄，这也许是他在这世界上看到的最后一个春天，却也可能真是春回大地，柳暗花明。

两三天后，特务连长杨甫找郭永绵，说"海里"来人了、就在他家。

郭永绵没有犹豫，跟着杨甫去他家中——如果这是日本宪兵设下的陷阱，他将就此暴露，踏进杨甫家大门，就是死路一条。

他还是跨进了杨甫家的大门。

来人是杨甫的岳父，也就是夏玉甫乡长的弟弟。郭永绵审查似的问他夏玉甫家中成员详情，杨甫岳父都答对了；杨甫岳父说还认识东台县委的领导，父亲又一一查证，他又全说对了。至此，父亲决定通过杨甫岳父直接联系县委，他让杨甫岳父将区大队长郭永绵被俘、出狱并当上旅部上士的详细经过口头转告县委书记杨辛，又写了一张条子告知:"还有三位同志尚在狱中,我是立即返回还是留在敌营,盼即复!"父亲再三交代,一定要把条子亲自交给杨辛,当面把他的情况说清楚。

杨甫岳父满口答应,走了。

几天后,杨甫再次让父亲赶紧去他家。这一次,父亲终于见到了县委派来的政治交通员肖车。

肖车告诉父亲,县委接到消息后开了紧急会议,迅速做出决定:郭永绵借此机会打入敌伪内部,组建以郭永绵为首的秘密情报小组,由县委直接负责,具体任务由保安科通过政治交通员单线联系。

云开雾散,春回大地,笼罩郭永绵心头的阴霾一扫而光。

有了组织的明确指示,郭永绵很快制定了工作计划。他要先营救孔宪友出狱,加入情报小组;孔宪友是区大队下属游击连的指导员,政治上可靠,有工作经验,他需要这样得力的帮手一起潜伏。在得到组织上批准后,郭永绵一客不烦二主,干脆找到特务连长杨甫,让他出面保释孔宪友。杨甫也不犹豫,真的就保释孔宪友,并安排他在特务连当上了文书。

就这样,一个秘密情报小组在敌人的心脏里建立起来。他们利用工作之便,尤其是父亲在旅部参谋处的有利位置,把大量的军事部署、兵力调配甚至各部队的花名册统统汇拢来,抄录在薄纸上,定期交给交通员带去根据地,使根据地决策层对当面之敌的动态了如指掌,将我方的对应措施抢在敌人行动之前部署展开,取得了对敌斗争的主动权。

郭永绵牵挂剩下的三个难友，又找到杨甫，让他以特务连需要新兵为由，出面保释这几个人出来当兵。杨甫在共产党方面越陷越深，也不再顾忌，就用这个借口把三个干部保释出来。他们三个总算熬到出狱，一天也不想停留，立时三刻要回根据地。郭永绵答应他们的要求，亲自送他们通过县城的关口，出关时，他们还穿着被俘时的衣服，关口的卫兵见旅部参谋处文书陪同，也就不来过问。结果，他们一天兵也没有当，一获得自由就回根据地去了。

由战俘成为地下情工人员，建立秘密情报小组，高效执行任务，固然有郭永绵的马来亚地下党经验的作用部分，但还有一个不可忽视的历史现象，就是伪军的动摇性。

抗战初始，日军攻势凌厉，国军一败涂地，大批的地方军阀投降日军。这些军阀部队原本就由当兵吃粮为要旨的社会下层百姓组成，向来没有信仰和忠诚，军阀混战时，他们今天在这个部队，明天到那个部队，日军来了，他们投靠上去，也不过就是换了个发饷的主人。但他们毕竟是中国人，日本人对中国同胞的施虐，刺疼他们的心灵而引发的离心力，比从前军阀混战时更大。在他们眼里，天下纷扰、烽烟四起，要苟活于乱世，跟着这些外邦异族的主子肯定不是长远之计。所以，伪军的习惯动作就是两手准备，当汉奸的同时与重庆国府或者延安共产党保持联系，在苏中就是跟新四军交好，他们把新四军称为"四老爷"，两面下注，以策万全。这就是郭永绵狱中先后几次被伪军认出真实身份,却没有遭到灭顶之灾的一个重要原因。例如杨甫这样的军官主动帮助郭永绵、跟根据地取得联系,就是想在"四老爷"那里买下好来,日后有变就多了一条可靠的退路。

表面上,郭永绵的日子过得轻松自在,甚至有些如鱼得水。哨卡内外进出自由,甚至有一次,他亲自跑回根据地,就为了交一次党费,再悄然回到县城,神不知鬼不觉,没有引起任何人注意。

但他自己知道,稍有差池脑袋就会搬家,因而内心高度紧张,每句话出口之前都要过一下脑子,用词都要换过,连睡觉时都怕说梦话暴露了身份。

直到有一天,他最担心的事情发生了。一个他非常熟悉的新四军干部——团政委花威携枪带人,叛变投敌,直接来到了郭永绵潜伏的69旅旅部!

冤家路窄,狭路相逢,两人之中,必有一死。

这个变故,是父亲一生中一次重大险情,很多年后,他依然念念不忘,撰文详细写下了这段经历。

实录如下:

智擒叛徒

郭永绵

1942年,抗日战争进入相持阶段,敌我斗争极其残酷和复杂。

在日军疯狂的进攻下,大批国民党军政要员纷纷投降,抗日根据地日益缩小。就在这种形势下,苏中四分区发生了兴化警卫团副政治委员兼政治处主任花威叛变的事件。

那时,我在伪军内部做长期潜伏的内线工作,与我在一起的还有孔宪友同志。我俩是一个党小组,我当小组长,归东台县委领导,具体任务由保安科联系。我公开的身份是伪"和平反共建国军"69旅旅部参谋处文书,孔宪友是特务连的文书。伪军旅部驻在东台县城。

9月的一个清晨,我听到伪旅长赵军山住邸门口的伪军议论纷纷:有一个新四军的大官带了一个警卫员来投降,还送了两支二十响的驳壳枪作见面礼,现在已经带到旅长那里去了。我立即在参谋处门口(就在伪旅长住邸对面)找了个隐蔽的角落杂在人丛中观察。过了约一顿饭的工夫,这两个人出来了。我仔细一看,不禁大吃一惊:这为首的一个,正是花威。前几年,我们在根据地就相识了。我脑子里马上闪出几个问题:他是真投降,还是假投降? 如果是真投降,对我党的危害太大了,该怎么办? 他认识我,早晚会碰头,我该怎样对付他?

经过一阵紧张的思索,我觉得第一步应立即将这一情况报告组织,并取得指示。我和组织是单线联系,现在不是联络的时候。这十万火急的情报怎样送出去? 处在这样的情况下,我不能不冒点风险了。我写了一张很小的条子,上面写道:"花威到了东台伪旅部。

他是真投降,还是假投降? 如果是假投降,我设法掩护他;如果是真投降,就除掉他。"我用蜡把这纸条密封成一个小药丸,交给丰盈乡伪乡长程屏伯。这个伪乡长是当时所谓的"两面乡长",表面上为敌伪服务,实际上是应付敌人,为我军服务的。他有个儿子叫程煜,在我民主根据地东台县政府工作,我们是相识的,平时我很少找他,这次为了这特殊任务,不得不冒暴露的危险了。我要他把我这小蜡丸安全火速地送到东台县政府交给县长李逊同志或县委书记杨辛同志。他答应立即照办。

我回到伪参谋处不久,伪参谋长曹耀南派人把我找到他家。这个伪军上校参谋长,是从国民党军投降过来的。他是有"反共"经验的。这是他与伪少将旅长赵军山不同之处。赵军山原是上海滩的地痞流氓,抗战初期,国民党在南京、上海、杭州一带溃败时,他趁机纠集了一批流氓、国民党的残兵,收集了一些枪支弹药,拉起一支队伍投降日寇当起了少将旅长。但他根本不懂带兵,于是这个在国民党军队中混过的曹耀南,就成了他名副其实的参谋长了。

曹耀南对我说:"新四军团政委是个大官,能这么轻易投降吗? 他是来投杨仲华的,他与杨仲华是什么关系呢? 我让他跟你住在一起,你留心考察他,监视他。话也说回来,如果他真心实意过来做事,倒是有许多地方可以利用的。所以你要用心考察他的真相。"

这个差事给我,对我是既危险,又有利。危险方面,花威可能识破我,因而牵连我;有利的是,我可以取得主动了,我接近他就合法了,可以主动了解他,并控制他。往往表面危险的事情反可以变成有利的因素。我不动声色地接受了这个任务。

这里顺便交代一下杨仲华。杨仲华原是国民党苏鲁皖部队的一个师长,是一个坚决反共的人物。在游击战争中,他积极反共,消极抗日,经常袭击我新四军。到了 1942 年抗日进入艰苦阶段,他干脆撕下假面具,投降了日寇,被编为"和平反共建国军 35 师"。师部也驻东台县城,与赵军山争夺防地,矛盾很深。由于他是从国民党投降过来的,而赵军山是日寇的嫡系,赵本人还是日寇但马司令的干儿子,自然斗不过赵军山。花威是苏中高邮县人,1940 年前,曾在杨仲华部队受过训练,所以认识了杨仲华及其他国民党军官。1940年夏,新四军一部在陈毅同志率领下,东进开辟了苏南、苏中抗日根据地,花威也就参加了新四军。现在杨仲华投降了日军,无耻的花威竟想靠这关系"攀龙附凤",谋个升官发财的机会,可是守关口的是赵军山部下,这样他就被送到赵军山的司令部来了。

伪军将花威送到我的住处以后,我的出现,出乎他的意料之外,但又使他觉得有一条通向敌人为他斡旋的门路。他告诉我,他是怎样死里逃生,想想都害怕。他说这种艰苦的、生死难卜的生活,不知熬到什么时候,他是决心离开革命部队了。

我又进一步问他:"既然害怕打仗,为什么不回家,反而跑到东台来呢?"他说,还想干一番"事业",要自己拉一支队伍。有兵在手,就有权势、有地盘、有钱财,一辈子吃喝玩乐都不愁。人生在世,不痛快一番,不置点家产,有什么意思？所以他到东台来了。

我问他:"有什么本事能拉起队伍来？"他告诉我,这要看旅长对他的信任了。如果旅长信得过他,给他带一支部队,哪怕当个营长也可以,他可以带部队到根据地将他知道的埋藏的枪支、收藏的公粮、物资都搞出来,这是很大的功劳,也是扩大队伍的资本。他还说,他知道许多区、乡干部和党员的情况,党、政、军机关的驻地和行动规律,他可以带部队去袭击。他认为他掌握的这些情况,都是很有用的资本。这时,我完全明白了,他是一个死心塌地、阴险毒辣的叛徒,他要用我党军民的鲜血,抗日的利益去换取他的"荣华富贵"。

我强行克制住内心的愤怒和焦急,镇静地问他,是否把这些都告诉旅长了？他自作聪明地说:"这哪能呢！一下子全告诉他,不就没有本钱了吗?"我又问他,如果得不到旅长的信任,他还有什么打算？他说,去找杨仲华,实在没办法就去泰州找李长江(也是国民党的降将)。

我摸清了他的底细,也就顺水推舟地介绍我自己的情况。我说,我也是过不了那艰苦危险的生活才到这里来的,不过我并不想长久干下去,等有机会还是回老家去。他反过来劝我别走,说我在这里情况这么熟,关系这么多,和他一起干一定大有可为。他要和我结拜为兄弟。我说,让我想想吧。然后我给他出谋划策:一、别说自己是共产党员,说了对自己没好处。掌握的情况,千万别轻易交出去,做交易嘛,看不准行情就抛出去,自己就成了一无所有的穷光蛋了;二、别说认识我,这样我可以从旁帮助他。我保证不会把他的全部历史告诉别人。我告诉他,我在这里使用的姓名和职务;三、别随便上街到处乱跑,让日本人知道了就不好办了。等我替他到处疏通了,当上官了就好办了。他听了这些话语非常感激我,表示听我的吩咐。我们就这样达成了默契。

我立即写信给组织,将花威投敌的动机和打算全汇报了,建议坚决除掉这个心腹之患,并表示我可以作为内应,而且事不宜迟。

过了两天,伪特务连上尉、连长杨甫(外号杨傻子)告诉我,"海里"有人来找我,在他家等着。"海里"是当地老百姓的俚语,因为东台往东百里外就是黄海,所以说"海里"。出东台城三里外,就不是敌伪势力的范围,而属于抗日民主根据地了,我知道"海里"来人,就是我们联络员来了。

这个伪特务连上尉连长的家,怎么会成为我和党的联络地点呢?顺便也交代一下。伪连长杨甫的妻子姓夏,她的叔父夏玉甫外号"夏麻子",是我根据地一个乡长。她的父亲住在根据地,与她家常有来往,所以这个杨连长也算与新四军的人有亲属关系。我方就利用他这点亲戚之情,并晓以民族大义和个人利害,逐渐和我方搭上了线,所以我的联络员来东台以后,就公然住在他家。他家就在伪旅长住邸的旁边,住在那里可以说最安全不过了。

在杨连长家我会见了联络员。他告诉我给县委的信收到了,花威确实投敌了。他是犯了贪污腐化的错误,调回军分区反省途中逃跑的,当时不知去向,收到我的信后,才知到东台投敌了。地委指示,这个人对我危害很大,要想办法除掉他,这事交东台县保安科执行,由我配合。我把花威来后的言行和现在的处境再次做了详细汇报。我们经过研究,除掉他的办法有两个:一是就地处决;二是捉回根据地。就地处决的办法简单些,但必然惊动日军和伪军,那样我就不能在东台立足了。我一撤走,可能引起敌人的怀疑,追查起来,可能牵连与我建立关系的人,这对我方不利;活捉他回根据地费的手脚多些,但不会惊动敌人,在根据地处决他,政治影响也好。于是我们倾向于活捉他,不得已时才就地处决。由于我在他身边,活捉他是比较容易的,关键在于能否顺利通过关口出城。当时伪特务连担负的任务是警卫旅部及守卫县城南门(东台到梁垛公路的关口),只要给点钱,加上平日的关系,打通杨甫这一关就能通过南门。联络员表示,将我们研究的两个方案,回去向东台县委保安科长沈毅同志汇报,再做最后决定。

他很快又回来了,领导基本同意活捉的方案,要我动员杨甫到根据地面谈。经我动员,杨甫和我换了便衣,到了根据地与沈毅见面。沈毅和我先详细研究了活捉方案的各个细节,然后和杨甫商谈。沈毅同志与杨甫说妥,给杨一百担海盐(这在当时是一笔很大的财富),交换条件是我方派两人到东台办事,在他处落脚,他要负责这两人的安全。这两人干什么,他不要干涉,但他要协助他们完成任务。杨甫见有这么一大笔洋财,就痛快地答应了。

回来之后，我到伪参谋长曹耀南处。我对他说，花威确实是来投杨仲华而不是来投旅长的。花还说，万一见不到杨仲华，他要到泰州投李长江。我把花威如何早就与杨仲华、李长江认识，添枝加叶地说了一通，说他们交情是很深的。至于这次来的目的，他坚决不说，说不定是共产党派来搞"策反"的呢？伪参谋长沉吟了一会儿，要我再深入摸清他来找杨、李的目的。我这个汇报，就是要离间他们的关系，并为活捉花威后给自己掩护留下一个伏笔。

伪旅长和伪参谋长一直没再和花威见面。因为正巧杨仲华被日军扣押了，赵军山正忙着活动争夺伪35师师长的职位。

过了一天，沈毅同志派了两名武工队员刘焰和宋大庆来执行任务。他们头戴呢帽，身穿长袍，腰间插着驳壳枪，手拿礼物，从乡间小路奔上梁垛至东台之间的公路，大摇大摆地到南门关口，令哨兵通报要见连长杨傻子。杨连长出见，他们就说，是来找司令部"小广东"（我的外号）办事的。杨连长会意，把他们引到碉堡换上了伪军装，带到他家住下。

我在杨傻子家中，与他们开了一个会。他们传达了地委书记章蕴同志的指示：不惜一切代价，一定要除掉叛徒花威。活捉或处决之后，我如不能在东台立足就撤回根据地，这由我自己看情况而定。我们又详细研究了行动方案，决定第二天动手，并要杨傻子在南门处安排心腹亲信去站这一班岗，届时给我们打开关口的栅栏门，保证我们顺利通过。

会后，我又找孔宪友开了一个党小组会。这次会上，我们决定了几件事：一、把我所掌握的一切关系全告诉了他，万一我出了事或仓促撤退，由他继续我的工作；二、他暂时停止一切活动，深居简出，隐蔽自己；三、向各有关的人侦察敌人对我有何举动，以便防范。

第二天，正好是农历八月十五中秋佳节。我预先约好了几个伪军官晚上作通宵麻将战。到了吃晚饭的时候，我又约花威去喝酒吃饭过中秋节。我对他说，吃完饭之后，我要带他去打麻将牌，目的是认识认识这里的军官，以便将来共事方便，相互照应。他听了非常高兴。天快黑时，我和他到了南门附近一间饭店喝酒。我要了四个菜、一壶酒，一杯杯劝他喝。东台是一个不大的县城，天黑以后，路上就没有行人了。快到八点时，我对花威说，该去打牌了。我故意领他在黑暗的胡同里弯弯曲曲地走，搞得他辨不清方向，不知不觉走到南门关口的大街上。我用左臂挎着他的右臂，一面走一面大声说话。在寂静的夜里，埋伏在很远的同伴就会听到我的声音了。离关口约 200 米，杨傻子从对面过来，和我打个照面说："你来啦！"我说："就是来找你打牌的。"他说："你先去，我买点东西马上回来。"我们这个对话就是给刘、宋的暗号。我和花威继续向前走了不远，突然从路旁屋檐下黑暗处窜出两个人。一个迅速地一把挟住花威的左臂，这样他就和我一边一个把花威挟持住了。一个从后面一把提着花威的衣领，用驳壳枪抵着他的腰，低声喝道："好大胆的新四军的探子，往哪里走？"我故意问："你们是哪里的？"他答："我们是日本宪兵队的,是来捉新四军派来假投降的探子的。"

这一下可真把花威吓坏了,他两腿一软,差点就坐在大街上。我们两人从两旁一用力把他提起来,拥着他继续往前走。花威连连哀叫:"我是真投降的,真投降的。"我说:"这是误会,误会。都是自己人,有话好说,好说。"边说边走到了关门口。栅栏门早已大开,哨兵在一旁守着。我们出了关口,花威还未察觉呢,他真吓昏了头。我们三个把他捆绑起来,拖着他沿公路走了一段后,交由派来的两位同志转向东通往根据地的乡间小路走去。

我站在串场河大堤公路上,深深地舒出一口气,抬头一看,才发现晶莹明亮玉盘似的月亮高悬天空。它那水银似的清光笼罩在田野、树林、村庄、河流上,一切都是这样的明静、美丽。我安静地回到关口,哨兵在等着我,等我入关口以后才关上门。我立即到先约好打牌的伪军官家里。他们早已打起来了,还有旁观的。他们见我来了,其中一个站起来让我。我谦让了一下,就坐下来打牌,一直打到天亮。

我回到宿舍,先转了一圈,快到上班的时候,就直奔伪参谋长家去报告花威于昨夜逃跑了。

伪参谋长皱着眉头说,他能跑到哪里去呢? 我说,我想可能他见旅长不用他,就心怀不满。他早说过要到泰州投李长江,说不定这回真跑到泰州去了。他想了一会说,走就走吧,我们又没损失什么。他问我:"昨晚你为什么没看住他?"我说,因为过节,我去打了一通宵麻将。他又问我,在什么地方,跟谁打牌? 我都一一照实说了。

后来,我听说伪参谋长真的找了那几个跟我打牌的核对了。他们都证实确实跟我一块打了一通宵的牌。以后他也就不再提这个事了。当然,以后我的行动也更小心了。

花威带来的警卫员,起初编在伪特务连当兵。我怕他在那里会坏了我们的事,就请杨连长把他遣散回原籍老家了。

过了些日子,刘焰又来了。他告诉我,那天晚上他们押着花威也到梁北乡乡长家,他们问花威知道不知道他们是什么人? 花威还说:"你们不是日本宪兵队的吗?"他们哈哈大笑,然后告诉他,是奉章蕴同志的指示来捉拿他的。花威吓得瘫痪在地,耍死狗:"我不走了。"刘焰说:"你真不走,就地枪毙你。"说着把枪口对准他的脑袋。花威吓得从地上爬起来,乖乖地跟着走了。第二天就把花威押到军分区。军分区在三仓河镇召开全分区军人干部大会公审了他,当场执行枪决,大大鼓舞了抗日军民的士气,打击了动摇投降的邪气。在大会上领导还表扬了勇敢深入敌穴执行任务的武工队员及坚持战斗在敌人心脏里、隐蔽在地下捍卫党的利益的无名英雄。

那年,郭永绵还不到二十二周岁,就制定了一套复杂而大胆的劫持计划,又环环相扣如同钟表般精确地加以执行,并最终获得成功。目送叛徒花威被武工队员绑走后,他站在高高的河提上,仰望深邃的长空,沐浴着晶莹的月光,胸膛里涌动着一种顾盼自雄的豪迈感。

这个秘密情报小组的工作进展得如此顺利,消息传到上级第二地委,地委书记章蕴(建国后,曾任全国妇联副主席)决定由她亲自掌握这个小组,单独领导。章蕴给他们的任务是:长期潜伏,广交朋友,搜集情报,伺机策反敌伪军。并发给他们每月几百伪币的固定活动经费。

这些锦上添花的举措,也让郭永绵如同大多数年轻人一样,产生过度自信,胆子越来越大。他大胆地扩展活动范围,一直到达日本宪兵队,在那里,他发现了一位童姓的翻译官,居然是他的旧人——海丰区的一个干部,他被日本人逮捕之后,在宪兵队当了办事员,因为会日语,就成了翻译官,但他的父亲依然是根据地的一名共产党乡长。于是,郭永绵按照"广交朋友"的原则,冒着暴露的危险出面相认,结果倒是一拍即合,两人成了朋友,吃吃喝喝地交往了起来。连宪兵队都有了自己的关系,这让父亲感觉到,传闻中如同魔窟的日本宪兵队,其实也不是铁板一块,也是可以分化瓦解的。

有一天,他听闻特务连监狱关进了一批新四军战俘,竟然冒失地前往监狱,直接探视。这是二旅文工团的十几个团员,男男女女都很年轻。看着他们惊惶不安的神情,郭永绵心生同情,按捺不住,公开地对这一群抑郁的年轻人说:"你们不要承认自己是共产党员和干部,大家不要怕,坚持下去,会有自己人来营救你们的。"

他迅速地把这一消息通知了根据地,不久之后,这批文工团员陆陆续续被保释了出去。他本人却受到了严厉的批评,因为他违反了情报工作人员的工作原则——擅自出面,暴露了自己。幸好这一批文工团员很快离开了东台县城,没有引起即刻的不良反应;但东台县城里有新四军潜伏人员的消息,还是在根据地传开了。

不久后的一天,日本宪兵队的童姓翻译突然来找父亲,单刀直入地问:"你是不是叫郭永绵?"

郭永绵愣住了:他在这里的名字叫郭凌俊。

"你快说实话,是不是?"童姓翻译面露极度的不安。

郭永绵点头。

"大事不好了。"童姓翻译声音颤抖。

原来,郭永绵曾任过区大队政委的海丰区实行精兵简政,把区公所的一名叫魏鹤龄的干部精简了,魏鹤龄离开根据地到东台县城自谋职业,被日本宪兵队抓住,就叛变投敌了。他供出了有一名共产党间谍叫郭永绵,就隐藏在东台县城的 69 旅中,已经潜伏一年多,只是不知道在哪一个部门、现在叫什么名字。此刻,日本宪兵队正在逐个部门地排查,魏鹤龄认识父亲,由他领着指认,很快就会排查出来。日本宪兵非常兴奋,要从郭永绵身上打开缺口,把东台县城的共产党地下组织一扫而光。童姓翻译要父亲快做打算,赶紧行动。

潜伏一年多,日夜担心的事情终于发生了。

郭永绵强自镇定下来,用最快速度给地委章蕴写信,报告了眼下这一紧急情况,要求撤离,在撤离前把手中的关系交给副手孔宪友。信写好后,郭永绵找到特务连长杨甫,让他火速把信送走。

　　在等待地委回信的日子里,郭永绵整天躲在旅部的房间里,大门不出二门不迈,尽量减少与外界的接触,减少与正在排查搜捕他的日本宪兵照面的机会。

　　以后的事件发展,又有了诡异的分歧:

　　在1975年写的《我的历史关节》中,郭永绵是这样交代的:

　　过了几天,政治交通员来找我说,地委收到我的信,同意我的意见,叫我把一切关系交给孔宪友后,立即撤回根据地。我和孔宪友做了交代,就到根据地,找到了沈毅(他也是分区公安局秘书长)就归队了。

　　我出狱以后恢复组织关系,并没有履行什么手续,就是与政治交通员接上关系就恢复了。我直接由县委领导,具体的领导人是杨辛,县委委员、公安局长沈毅。孔宪友出狱,我们一起做内线工作,指定我当组长,我是按照党小组组长行使我的职责的,我们按时交党费、过生活,有一回还是我亲自到根据地县委那里交党费。以后我们这条内线由地委书记章蕴掌握,敌工部长是刘旺凡。

　　我离开东台伪据点回到根据地以后,开始做了几天情报工作,以后任分区公安局政治保卫队(短枪队)政治指导员,公安局长是林修征。我以后又任地委交通委员会委员、二分站巡视员。一回到根据地就参加正常的党的生活。从我出狱到苏中党校整风以前，领导上从来没有指出过我从被捕、出狱到回来有什么问题，也没有宣布停止我的党组织生活，在敌伪旅内部协助逮捕叛徒花威后，还受到过党组织的表扬。

但是，在上述交代的二十年后，父亲对我当面说的经过则是这样的：

"我去跟孔宪友商量，立刻写信向上级请示，让我紧急撤离回根据地。孔宪友说'好'，可是信送出之后，一直得不到上级的回复。日本人排查的范围越来越小，情况危急到不能再拖了，于是，我把所有关系转交给孔宪友，就自己跑回根据地来了。

"回来后，我询问组织上，为什么没有给我的撤离要求加以回复？组织上说，没有收到我的信；不过，既然已经回来了，就同意我归队。于是，把我分配到专署的公安局政治保卫队当指导员。政治保卫队装备精良，一色的短枪。后来，又让我担任地委交通委员会的巡视员，做邮政工作，管传递书信的交通站。"

这两段叙述里面，父亲的撤退方式截然不同，一个是组织批准的，一个是擅自逃离的。两种方式，有着性质上的天壤之别。

两种说法，只有一真。

我相信是后一种。

前一种说法,出现在"文革"审查个人历史的交代材料里面,这是关乎政治前途、身家性命的文字。依父亲党内生活几十年的经验,他清楚地知道,若是如实说并未收到组织命令就自作主张,逃离地下工作岗位,即便有着十万火急的理由,在文革"造反派"眼里,依然是十恶不赦的叛徒逃兵,绝无轻饶之理。而审查之时,距离事发已经过去了三十多年,父亲聪明地意识到,时过境迁,这一细枝末节早已无从查证,而且他回到根据地后,一切照常,并未引起任何不良反应,为免节外生枝,他选择了最易通过审查的说法——组织上批准他撤离。

而他对我叙述往事时,"文革"已经结束二十年,他也进入风烛残年,往日所担心的一切都已随风飘逝,历史的真实如同退潮后的礁岩,在他的记忆中自然涌现,他对我说了实话——他是擅自跑回来的。

从 1942 年 2 月被俘,到 1943 年 7 月出逃,父亲潜伏敌营的生涯曲折起伏、回肠荡气,既有机缘巧合,也有审慎布局;既有豪气干云,也有巧妙推进。临到结尾,却不甚华彩,反似草草收官,戛然而止。

这应该就是人生真实的模样,如果文学作品赋予这样的结尾,也依然充满人生况味。

第十二章
中国　江苏　宝应

1944年来到,世界反法西斯战争"同盟国"一方度过了最艰苦的"至暗时刻",开始了反攻的步伐。

欧洲战场,西线英美发动诺曼底登陆开辟第二战场,东线苏联十次打击把战线推进到境外,南线墨索里尼倒台意大利加入"同盟国"。

亚洲战场,太平洋战场美国在马里亚纳和莱特湾基本消灭了日本海军,缅甸战场盟军从防御转向进攻。

中国战场,正面战场,日军发动打通大陆交通线战役,连下洛阳衡阳直至南宁,国军丧师六十万,失地二十万平方公里;敌后战场,共产党猛烈扩大根据地,对日军发起主动攻击。

父亲和母亲所在的苏中地区,新四军一师和苏中军区所属部队在淮安东南车桥镇发起了进攻战役,聚歼日伪军近千人,生擒重伤的日军大佐三泽金夫(后毙命于车桥,死后追晋少将),创新四军击毙日军将军的新纪录。

这一仗,是新四军抗日战争转守为攻的转折点,一举扩大根据地二百多里,打通了苏中、苏北、淮南、淮北的共产党根据地的战略联系,一时间,华东根据地呈现出一派胜利安康的局面。

有了这个局面,华东根据地就开始了"整风运动",这个在两年前延安就已经开展过的运动。

1944年4月,苏中区党委全面开展整风运动,苏中党校举办了第一期培训班,参加苏中党校第一期学习的对象为县团、区级干部。

郭永绵奉召进入苏中党校,参加整风运动。

原本是熬过了抗日最艰苦的相持阶段,生活逐步走向光明的时刻,父亲却始料不及地步入了自1937年参加抗战以来个人的"至暗时刻"。五十年后,他对我回忆起那一段日子,依然耿耿于怀、不能释然。

"1944年,调我到苏中党校学习,参加整风运动,整整八个月,祸从天降,倒了大霉。对我而言,凡是政治运动都没有好过过。

"党校在车桥附近的林溪,车桥战斗后,根据地安定了,就开始整风了。一整八个月之久,刚开始是学习各种整风文件;再往下就是个人交代历史、写自传;到了最后审干、抢救失足者阶段,就坏了。上吊的、投河的,都来了。学员之间大家介绍经历,大家一起排关节，一年一年、一月一月地排，从海外排到国内，一点一点排出疑点，然后就抓住疑点，逼迫你承认疑点中的问题。

"他们逼问我，为什么每一批回国的马共党员都被枪毙了，就你们这一批活着过来了？一定是叛变了，或者你根本就是英帝国主义的特务，演了一出苦肉计，好打进共产党里来。他们逼我承认我是叛徒、是特务，我就拍桌子骂。

"他们见我不承认，就换了法子，轮流来劝我承认，不停地讽刺我、打击我。我还是不承认，我怎么承认啊，我根本就没有叛变过，更不是特务嘛！他们见我还是不低头，就使出了'车轮战术'，两个两个来，不停地跟我谈话，逼我承认，白天晚上换人，轮班来跟我谈话，白天谈到天黑，黑夜讲到天亮，一天24小时，没有一分钟停歇，连续五六天不让我睡觉，让我到了受不了的地步，几乎就是要逼死我。

"我偏不死，我写了封信，要交给支部书记韩念龙（建国后曾任外交部副部长），为自己辩护。信写好后，我跑到厨房里，拿起一把菜刀，砍下左手小手指，包在信里，交到韩念龙面前。韩念龙马上让人送我到医务室包扎。后来，这个手指上有个瘘管，一直流脓不收口，又动了一次手术，把骨头挫圆了缝上，才好。

"但是，手指头是白砍了，他们并没有因此而停下来，党校里继续整我，直到党校学习结束，也没有放我过关，说我历史上有七个关节：南洋被捕两次，在香港被关押，进入解放区又被捕，还有入党时间的疑点,等等,七个疑点。后来到了'文革'中追查的,还是同一套。"

很小的时候,我见父亲的左手小指只剩下最靠近手掌的一截,问过他,他说是抗美援朝战争时入朝参战,在朝鲜坑道里住着,让老鼠咬掉的。

母亲后来告诉过我,你父亲这叫"自伤",是仅次于"自杀"的行为。

2017年4月27日,我来到了林溪村所在的宝应县西安丰镇,想要实地寻访"苏中党校"——这个让父亲挥刀砍下自己手指的地方。

仲春的苏北大地,绿油油的望不到边,轻纱般的薄雾在阳光下缓缓飘荡,闪烁着晶亮的光芒。我一早从盐城出发,照着车载GPS导航仪,沿着柏油公路疾驰。地图上标示,西安丰镇有一个抗日纪念馆,根据以往经验,到了纪念馆,就应该有"苏中党校"的线索可寻了。

纪念馆很好找,就在西安丰镇头的公路边,一座独立的寺庙状建筑,门口有一个精巧的花园小广场,广场中央是一座风帆雕塑。整个区域修缮整洁,风清气正。

我停车下车,走上纪念馆高高的台阶,只见一把大锁锁住大门。中午时分,四野无人。我进不去纪念馆,左顾右盼,也找不到人打开纪念馆大门,只能快快地回车,开回镇里去吃午饭。

西安丰镇很小,只有一条纵贯南北的街道,两边排开一连串的小店小铺子。我找了一家干净的饭铺子,走了进去。吃饭时,我还不甘心地问饭店老板娘,镇头的那个纪念馆怎么才能进去?老板娘说,这个地方不怎么有人来,这个馆也好像没有固定的开放时间,碰到有人就开开,没有人就一直关着。

已经下午两点了,不能耽搁,我只能驱车前行,去预定晚间落脚的高邮市。

车子出镇,再次路过纪念馆,看着纪念馆在车旁后掠而去,我心中十分不舍,这一去,意味着再也没有机会找到苏中党校了。父亲的这一段"至暗时刻"的所在地,就永远消逝在他的叙述中了。

我心有不甘,强烈感觉到,冥冥中有一股力量牵着我,不让我离去……

我打方向盘,猛地转过车头,车轮发出刺耳的摩擦声,再次驰进纪念馆的小广场。我再次下车,走上纪念馆高高的台阶,在锁住的大门上。我贴近门玻璃,用手遮住玻璃上的反光,用力向室内张望。

纪念馆很小,只有一个房间,四面墙上是制作精致的看板,看板下摆放着陈列柜,里面有一些实物。跟所有纪念馆一样,千篇一律的标准陈列样式。

隔着大门玻璃,展厅右前方一块看板,一下子就抓住了我的视线。那是一张放大了的照片,照片上,一块长着青苔的石碑,上面镌刻着"苏中党校旧址"。隔得太远,模模糊糊看不真切。我拿出照相机,把光学变焦调到最大,权当望远镜用,隔着玻璃拍下照片,再从相机显示屏上回放观看,一点不错,六个大字"苏中党校旧址"。

踏破铁鞋无觅处,众里寻他千百度,我兴奋得不能自持。当即有了主意,立刻上车,驱车回到镇里,直接开进了街边的一个大院,院子门口高挂的牌子是制式的白底红字:

"中国共产党江苏省宝应县西安丰镇委员会"。

我下车,径直走进镇委办公大楼,在底楼找到镇委办公室。午休时间刚过,办公人员陆陆续续走进办公室。我走进去,对门边最近的一位工作人员说:"我是来参观抗日纪念馆的,你们能不能找管理人员开门?"

工作人员抬起头说:"哦,这个归文化馆管,你等等。"说着,他拿起电话,叫通了什么人,说:"你来一下,这里有人想参观纪念馆。"

一会儿,一个小个子中年人来到办公室里,自我介绍:"我叫时国忠,是文化馆馆长,你们想参观什么?"

我说:"我父亲1944年在林溪村的苏中党校学习过,想去林溪村看看党校旧址。"

时馆长顿时热情起来,说:"好啊好啊,林溪离这里就七公里,很近,其实,固津村更有名,是苏中军区司令部旧址。"

我脱口而出:"我母亲在苏中军区司令部工作过,也是1944年。"

"那好啊,两个村子相隔两里地,一块去了。"时馆长热情奔放。

原来,1944年,父亲和母亲只相隔两里地,他们平行的人生轨迹已经如此贴近。我从来不知道,两个地方如此相近。父亲和母亲知道吗?

母亲应该知道的,她的履历中可见,那段时间,她先后在苏中军区司令部和苏中党校这两个单位的医务所当过所长。

父亲也应该知道的,在苏中党校八个月,怎么会不知道近在咫尺的司令部。

只是,他们不知道对方的存在。

时馆长从办公室的书柜里,拿出一本书《芦荡烽火》,是他们汇编的一本与本地相关的革命回忆录,递给我说:"给你。"

里面是一篇篇回忆录,是从别处摘录和节选来的,都与安丰区的抗战岁月有关。

我随手翻看着,突然,惊呆了——

这是一篇署名张波的文章,题目是"在苏中党校学习的日子",在他的文章里,竟然出现了父亲的名字"郭永绵"。

结婚后,我又去县委,拿上介绍信到林溪党校报到(编者注,苏中区党委党校时设安丰区林溪村)。到林溪后我才知道,苏中党校的校长是粟裕兼任的。副校长有好几个,如:钟明、刘季平、戴平望、他们都是当时校部的负责人。开学那天,苏中区党委副书记陈丕显、苏中军区政治部主任钟期光到党校看望学员,并在开学典礼上讲了话。党校将学员编成九队,我被编入第三队,并担任三队队长,三队支部书记是韩念龙,我是支委之一。三队下辖 11 个小组,每组有 11—12 人。

延安整风是 1942 年,到新四军一师整风已是 1944 年了。我和韩念龙同住一间屋,两张铺面对面,这就叫队部,开支部会、小组会及行政会,都在这间屋子。韩念龙是大学生,我是大老粗,我们两人一文一武,在学习和生活上,两人互相帮助。我参加革命后几乎没有离开过部队,所以社会常识知道得不多,韩念龙曾在上海做过地下工作,有丰富的地方工作经验。课余时间,我经常请他介绍上海地下党的斗争情况,及旧上海的社会情况。我参加革命虽有几十年时间,其间也经过大小的战斗多次,但是跟地下党的斗争相比,感到自己还应好好学习。关于白区、地下党等名词,过去听人说过,但不过是一听而已,对穿便衣赤手空拳同敌人斗争的地下工作身无体会。听了韩念龙的介绍后,我才了解到地下斗争的艰苦性、复杂性、危险性。

一开学,我们先进行的是整顿三风,即按照毛主席指出的,反对宗派主义以整顿党风,反对主观主义以整顿学风,反对党八股以整顿文风。宗派主义、主观主义、党八股,就是我们要整顿的三风。什么是宗派主义,什么是主观主义,什么是党八股,这些过去我是不懂的;什么是人生,什么是世界观,这些过去我也不懂;什么叫立场、观点、方法,更是听得很少。通过党校的整风学习,我不但懂得了这些概念,同时也明白了许多革命的基本知识。在学习理论、学习文件的同时,我们还联系实际谈体会、谈感受。大家畅所欲言,心情愉快。不久苏中集结兵力打安丰、曹甸,我们党校学员也去参战。战斗结束后,我们又回到林溪,这时第一学期的学习已临近结束。第二学期开始,就搞人人检查,实际上是人人过关、反省,接着又发展到搞车轮战、通宵战,再发展下去就搞抢救失足者了,极左路线、极左方法,搞得人人自危,个个害怕,不敢抬头。据说这是延安传过来的,是康生的发明。

我们队有一个学员叫郭永绵,被搞了几个通宵,在车轮战的威逼下,他实在受不了,一天晚上,他割下一个手指写血书向党表忠心。因我们队支书韩念龙掌握得比较好,所以没有死人,仅一个郭永绵割指头写血书,别的队整死了好几个学员。后来上级发现问题,纠正了过激的、错误的作法,为蒙冤的同志平了反,向有关同志赔了礼、道了歉。

韩念龙没等到毕业,就因前线工作需要提前走了。我和别的一个支委做了三队的学习结束工作。最后,三队人全走完了,我才离校。

1945年元月,我到高邮工作,从此离开了宝应。

(根据张波回忆录,陈以和收集整理)

这位张波前辈,竟然正是父亲党校学习时所在的三队的队长。

父亲语焉不详的党校生活,在这里得到了如此详尽的展示,整风运动的来龙去脉一目了然,父亲遭受的苦难也历历在目。

冥冥之中,真有天意,我饭后路过纪念馆,左右不想走,原来是有深意的,是有这一刻在等待我。

刚才还准备一无所获地离开此地,此刻竟然所有历史汇聚来到眼前。我被这神奇的转折点燃,迫不及待地要去林溪村,要实地查看那个"至暗时刻"的现场。

春日午后,春光和熙,空气暖融融地覆盖着慵懒的大地。洁净的水泥车道穿过绿色的田野,车道的尽头是一群簇新的房屋,白色的墙壁耀眼地反射着阳光。那就是林溪了。

村口横卧着一块一米高的石碑,上书"苏中党校旧址"。石碑背后是一片辽阔的水荡河道,倒映着湛蓝的天空。石碑前方是一个小广场,广场四周鲜花盛开、姹紫嫣红、五彩缤纷。民居的墙壁一律粉刷成白色,墙上,一幅幅年画风格的图画,色泽鲜艳地呈示当年党校的日常生活:身穿军装的人席地而坐在听课,脱了军装光膀子的人在脱坯盖房子……修葺一新的村容如同展览馆的看板,容光焕发地向访客展开。

举目四望,空无一人,崭新的房屋群落像是影视拍摄基地的布景,静悄悄的,唯有微风轻轻拂过,仿佛喃喃低语。七十多年过去,整个村庄都翻建过了,没有留下一栋当年的房屋,连同村口的石碑,都是近年来的新作。那几百上千人聚集于此,他们掀起的所有激烈、所有翻腾,都已无迹可寻。

我闭上眼睛,想象着脚下这块土地,想象着方圆一百米内的空间,那个叫郭永绵的二十三岁年轻人,那个在赤道附近吹口琴、写诗、漫步椰林海滨的浪漫青年,怎么也想不明白他此时此地的处境。就在这一小片土地上,他是百口莫辩,如同噩梦缠身,心中冤屈奔腾,一腔热血涌顶,挥刀砍下自己手指的悲愤与惨烈。

我仔细翻看父亲的材料,那场持续八个月的整风审干运动,父亲的确受到难以想象的冤屈。他在英国人的监狱和日本人的牢房里表现英勇、无可挑剔,遣返中国后没有被国府当局接收处死,也实属侥幸,没有瑕疵。所以,父亲面对"叛徒特务"罪名的指控,拍桌对骂,心中正气充沛。但是,在一个月又一个月的排查中,他并不是毫无纰漏的,他肯定是被排出了难以自圆其说的漏洞,并被视为羞耻的污点,让他无地自容。对外的冤屈感、对内的羞愤感交织在一起,或许成了他再也不能承受车轮大战的缘故。

那个纰漏就是他的党籍和党龄问题,对一个列宁主义组织原则下建立起来的秘密政党成员而言,这是比生理生命还重要的政治伦理问题。

大概就是在韩念龙、张波的那个如今已不复存留的队部房间里,三队的学员终于在郭永绵的入党过程中找到了问题:他的档案里面,根本就没有马来亚共产党转过来的组织关系介绍信。于是,学员们得出结论：他在马来亚其实并没有入党，而他却一直以马共党员自居。假党员的帽子是戴定了，冒充党员的动机和目的，就成了党校必须查清楚的问题。

郭永绵 1975 年的交代材料中，是这样回溯那个过程的：

1938 年我在怡保，公开的职业是在《中华晨报》做排字工人。革命工作是"怡保埠工界抗敌后援会"的宣传部长，当时领导我的人是伍添旺，他和我是单线领导。他领导我工作并给我看了许多马列主义的经典著作，过了几个月后，他开始问我是否愿意参加马共，我表示热切地希望参加。他表示，如果我真的愿意参加，他可以介绍我。从那以后，他经常给我讲党员条例、马共的奋斗目标，并要求我以党员的标准要求自己。我从此就以党员自居，因为根据过去的经验，我参加的秘密"青年会""工联"和以后转入"工抗"时，都是某一个人说"我介绍你参加"，我答应了，就成为正式成员。所以我认为伍添旺说介绍我参加马共，我自然就是其中的正式党员了。从那以后，凡是秘密活动中，我的上级我都认为是党的领导，和我开秘密会议的，我就认为是党员。不久（8 月）我被捕。1939 年 1 月出狱，我转到槟城，我还是认为我的上级理所当然是党的领导。所以到了 1940 年我再次被捕，押送到新加坡狱中，我对狱中的同志自我介绍是马共党员，要设法把关系转过去。所以我和黎扬、戴英浪、卢沧海等同志一起被驱逐出境后，在香港八路军办事处结转关系时，我多次要求戴英浪帮我查询关系转过来没有。1940 年 7 月或 8 月,戴英浪从上海到香港结转关系时,我又托他查询,他回来后告诉:"我们的关系已经接转上了,你的关系也得到承认,现在你参加我们的组织生活,共两个小组,一个组是黎扬、陈阿福,一个组是我、邓炬云和你。组织关系存在香港八路军办事处,不与上海当地发生关系。"从此我到根据地以后,也就说自己是马共党员,关系在八路军办事处,要求组织设法转过来,到 1941 年入党也是这样说的,表上也填的"重新入党"。

事实上,郭永绵的马共组织关系一直没有转过来,因为他根本不是马来亚共产党党员。

这是一件荒诞的事情,在马来亚的三年多革命岁月中,他以马共党员的身份和信念执行党的各项任务,不畏艰险、出生入死,因此而两次被捕,两次被判处当于死刑的最高刑罚——"驱逐出境",到了香港,要不是阴错阳差,没有被移交到国民政府的军警手中,他很可能已被当作马共党员被处决了。然而,他根本就不是马共党员。

在这个问题上,郭永绵心中应该是不踏实的,在革命队伍中已经七年多,入党过程什么样子他也见得多了,更何况他 1941 年还入过一回中国共产党——有介绍人、写入党申请书、填入党志愿书等等。相比之下,他应该知晓,他当年在马来亚的"入党"程序是很不完备、经不起推敲的。党校审查他的七个历史疑点,这一个是他自己最没有把握的部分。但事已至此,他除了一口咬定自己是马共党员,组织关系没有转过来不是他的错,除此之外,也没有别的转圜和退路。这种心虚的对抗,肯定对他心理造成了巨大压力,他最终被压垮了,用自己的血肉飞溅,来代替无从说起的辩护词。

这个抗争,还是得到了效果,在 1975 年的交代材料里,结果是这样的:

1944 年在苏中党校整风时,我也是这样交代的。当时苏中党校的结论是关于马共党籍问题,待有证明人证明时,再予恢复。

这个结论,用党内斗争的术语来说,是把问题"挂"了起来,郭永绵在损失了两节手指之后,带着这么一条"挂着的尾巴"和在五十年之后依然充满昏暗之感的那八个月的记忆,离开了林溪,在人生的低潮中逆水而上,蹒跚前行。

从党校出来,郭永绵被分配到 143 旅干部大队储备起来,这更增加了他对境遇的委屈和压抑,情绪低落、自暴自弃,一心想到战场上去,战死算了。

七十三年后,我站在林溪村,这个父亲第一次被卷入斗争漩涡的地方,如今静谧得像婴儿的摇篮。湖光潋滟,风和日丽。当年,这里纷争激烈、斗争惨烈,不少千里迢迢来投奔新四军、参加抗战的年轻人,在自己人的逼迫下,用投河上吊等绝望的方式结束了自己的生命。相比之下,父亲身负七个疑点,损失了两个手指,挺过了这场劫难,还算是幸运的。

2006 年,我参加过一个纪念红军长征 70 周年而重走长征路的活动,用一个月的时间,从瑞金到延安,驾车走完了红一方面军两万五千里的征程。途中,我们造访了很多革命纪念馆,每个馆里都陈列有死难烈士的姓名和事迹。看多了就发现,凡是注明壮烈牺牲的,就是被敌人杀害的;而注明不幸牺牲的,则是被自己人在根据地历次整肃运动中错杀或自杀的,数目之多,几与壮烈牺牲相等。

这也是共产主义革命运动的残酷和艰辛的一面。一方面,处于白色恐怖之下的革命政党,的确面临被敌对政府渗透的可能,肃清混入内部的特务和叛徒也是生存需要;另一方面,革命队伍中的教条主义、宗派主义引发的错杀行为,造成了比敌人渗透还要惨重的损失。

父亲初次品尝了革命运动的血腥一面,他完全不适应,完全不理解。这是一个过程,他早晚会把这个经历当成他人生的一部分,就像他五十年后总结的:"只要一有运动,我就倒霉。"那个南洋归侨青年,自然无法想象这个可怕的宿命,但是,他已经是个共产主义者,他在接受这个宿命之余,顶多用"倒霉"来自嘲一下。事实上,比起二十多年后的席卷全国长达十年的那场劫难,他这次只能称得上热身。但是,有了这一场"热身",他在后来的那场劫难中,就镇定得多、成熟得多,虽然那个七个疑点再次被放大,大到致人死地的可怕程度,他也挺过去了,活到了 21 世纪。

七个疑点中的"叛徒"和"英国特务"等荒谬罪名,后来都被推倒了。而那个马共党员党籍和入党年限,却有另一番一波三折。

事情在林溪苏中党校整风一年后有了转机:

1946 年我在苏中遇见黎扬时,我把情况说了,请他给我做证明,他就给我写了一份证明材料。我将证明材料连同自己的申诉送交华中军区党委。华中军区党委根据苏中党校的结论就给批了。予以回复党籍,继上从 1938 年 8 月至 1941 年期间的党龄。(1975 年交代材料)

这件事,到此结束,倒也算得皆大欢喜,始料不及的是,又过了将近三十年,他交代材料里这么写下了最终的结语:

现在经过组织多方调查,证明我说的支部书记郭飘定及和我过组织生活的党员郭志受等,当时都不是马共党员,当时我并没有履行入党手续,及(即)过组织生活,也就是说我并不是马共党员。我认为这是对的。根据我现在的回忆,确实只有 1938 年 4 月至 8 月这中间伍添旺和我谈过党的问题,此外再没有人谈过,而是自己自认的。关于参加马共这个问题应予以澄清,从 1938 年 8 月至 1941 年 4 月这段党龄应取消。

黑色幽默,也不过如此这般,终有收场之时。

第十三章
中国　江苏　宝应

离林溪村几里之遥是大名鼎鼎的固晋村,父亲住在林溪村时,母亲就住在固晋村。

固晋村大名鼎鼎,是因为这么一个几百人的村庄里,有中共苏中区党委、苏中军区司令部、新四军一师师部,以及一师后方医院、被服厂、兵工厂、苏中公学、文工团、《苏中报》……各路人马云集于此,济济一堂,俨然是整个苏中抗日根据地的"首都",当时便有苏中"小延安"之称。

固晋村明显比林溪村大,进村一条水泥路,宽阔笔直,汽车一直开进村中心。村头竖立着一块一人高、一人宽的褐色石碑,密密麻麻地刻满了碑文,详细记载了固晋村在抗战后期的历史地位。苏中区党委是个"小省级"的机构,书记粟裕;新四军一师,师长粟裕;苏中军区,司令员粟裕。几块牌子一套班子。

村道通至村庄中心，迎面一片白色粉墙，墙上画着一幅巨大的历史地图，标示着七十多年前，各个机关在村中驻地的具体位置。粟裕、陈丕显、钟期光等人的旧居也标在图上。陪同的西安丰镇文化馆时馆长介绍说："这几年，不少老革命的后代，比如出生在固晋村的粟裕和陈丕显的儿子都来过这里，寻访父辈的遗迹；你们上海作家王安忆也来过，探访她父母参与演出的《甲申记》的演出旧址。"

1944 年春天，车桥大捷，新四军生擒重伤的日军大佐三泽金夫，敌军已被拒止到几百里之外，苏中根据地进入稳定期。新四军机关搬来村里，告别了游击战的颠沛流离，过起了作息正常的日子。如今流传的粟裕在村里的故事，显示了那段时光的闲暇：

村里小青年参加新四军要游街表彰，粟裕出借坐骑，让两个新兵骑在枣红大马上招摇过市；粟裕在房前屋后种菜，还精心饲养了二十多只和平鸽；粟裕下河洗澡，村民们得见他身上一块块伤疤……

最能呈现那段时光安宁的，是话剧《甲申记》的演出，政治部主任夏征农拟定话剧的框架，吴天石根据郭沫若的《甲申三百年祭》写好故事大纲，沈西蒙执笔完成剧本。王啸平导演，二十岁的茹志鹃饰演太平公主。这是一出古装话剧，借三百年前李自成占领北京后的失败史实，告诫革命者面对胜利和安逸时要保持革命意志，防止腐化变质。

这出戏在固晋村为参加"苏中青年代表座谈会"的代表做了首演,随后的一年各地连演,观众多达两万余人。村头的水稻田里至今还树立着一块碑石,标示当年这出戏粉墨登场、隆重首演的舞台位置。

我看着村中心白色粉墙上的巨幅地图,找到了"后方医院"的标示,循着地图的指示,找到了后方医院的旧址——那是大路边的联排房屋,如今也被粉刷得焕然一新。这是一个可以确切断定的地点,就在这个地理坐标点上,母亲薛联物理意义上存在过、站立过,那个十九岁的年轻军医,以"苏中军区司令部总门诊室总室长"身份,在联排房屋里履行职责。

与父亲在隔壁的林溪村度过"至暗时刻"相反,母亲在固晋村度过了抗战期间难得的"惬意时光"。

首先,是外婆孙增修从天而降,来到了她身旁。

独自一人在老家艰难度日的外婆得了严重的血吸虫病,眼见得病情日益沉重、回天无望,她做出了一个令人吃惊的决定——投奔新四军、找女儿,死也要再看女儿一眼。老家是沦陷区,从老家到新四军根据地,要穿过中日两军交战的分界线,这对一个健壮之人都是一道难题,更何况一个病入膏肓的妇人。外婆敢作敢为、不拘一格的性格,再次展现出强悍的能量来。

外婆直接走进敌军的据点,找到在伪军里当军官的远房侄子,告诉他,她要过封锁线,要去新四军看女儿。

那位远房侄子吓得不轻,连忙说:"婶婶这可使不得,被日本人知道要杀头的。"见不能阻止这位病入膏肓又一意孤行的倔强婶婶,他只好冒险,利用军官特权,亲自护送外婆通过封锁线的关卡;临分手时,还对外婆说:"到了那一头,记得跟大妹子说,我可是向着新四军的。"外婆向他保证,日后会证明他身在曹营心在汉。

一路辗转奔波,终于找到固晋村、找到母亲时,外婆的病情已经到了晚期,腹水肿胀,像在衣襟下揣了个西瓜,四肢瘦得像芦柴棍,皮肤蜡黄透明覆盖身上,奄奄一息、命悬一线。母亲大吃一惊,即刻把外婆收进后方医院,紧急治疗。

这时的后方医院,已成名副其实的医院,分科室、病房、门诊部、住院部一应齐全。母亲动用全部医疗资源,不分昼夜,治疗护理,终于把外婆从死亡线上救了回来。

外婆的到来,成为了一段奇谈,在固晋村的新四军中流传。

外婆身处敌占区,缠着小脚、大字不识、身患绝症,且根本不知道女儿在新四军的具体单位,甚至不知道女儿参军改名后的新名字,她居然就绕过了一座座日军和伪军的炮楼关卡,穿过了铁甲巡逻壁垒森严的封锁线,来到根据地后,在数万新四军中,大海捞针般地找到了女儿,堪称奇迹。

在固晋村眼里,外婆的寻女历险记,正是沦陷区老百姓心向新四军的一个鲜活事例,外婆成了家喻户晓的"革命妈妈",受到热烈欢迎和热诚接待。上至高级首长，下到年轻女兵，都一口一声地叫她"妈妈"。这个称呼，直到我成年后，依然被已成老干部的老人们延续着，他们来我家，白发苍苍，官至省部级，见到年逾耄耋的外婆，还孩子般亲昵地叫着"妈妈"，外婆则笑眯了眼，一边聊着往事一边整出一桌菜来招待他们，一如当年在固晋村；外婆很自得地跟我说过："那阵子，一个冬天，我给他们做了几十双棉鞋。"

1944 年，外婆成了固晋村的一员，外婆的住处成了大家的家，那些想家的小女兵，会定期趴在外婆怀里哭上一场，权当回家见过妈妈了；外婆则心疼地搂着她们，拍着她们稚嫩的脊背，说着安慰她们的悄悄话。

一个上海来的老实女孩，被一个驻地干部以恋爱为名性侵了，深受刺激的女孩躲到外婆住处整日哭泣，不吃不喝。外婆弄清楚原委，把事情告诉母亲；母亲怒不可遏，到司令部告状，那干部随后受到严厉处理，外婆则一连很多天陪着女孩，又是疏导又是抚慰，等她平复后，给她介绍了一个人品忠厚的干部。他们后来结婚了，那个女孩如今九十多岁，四代同堂。

外婆来到固晋村，来到母亲身边，母爱阳光般地播洒在军营驻地，温暖着周遭的年轻军人，把母亲的军旅生涯过成了家居时光。母亲享受着前所未有的家庭情感滋润，在外婆面前也要忍不住展示小女儿的娇憨。

小时候，我听外婆说过固晋村的一件往事：有次，她指着母亲腰间别着的小手枪说:"闺女啊,这枪能打吗?"母亲闻言,并不答话,而是直接掏出枪来,推弹上膛,对准院子里的一口水缸就是一枪,水缸被打穿了一个洞,缸里的水"哗哗"往外流,生生把外婆吓了一大跳。

一边听着的母亲不高兴地说:"没那事儿,我怎么可能随便开枪,那是违犯纪律的。"

以外婆文化程度和知识结构,不太可能凭空编造出这么一件动作利落、形象鲜明的往事;可母亲说的理由也非常符合她遵纪守法的个性。她们都坚持自己的说法是真的,谁也不改口,这件事,成了她们母女间再也无法辩清的一个"罗生门"了。

还有一件事,母亲倒是没有否认。外婆说,一次,她与母亲一起在村里走着,迎面来了个男兵,见到母亲,一边大声说"医生你看看能不能开刀啊",一边就脱下裤子,展现他腿裆里鼓胀肥大的阴囊。外婆吓得扭开脸,慌忙躲去一边,事后对母亲埋怨道:"你一个姑娘家,怎么能让男人这么做啊?"

母亲淡然地说:"我是医生嘛,那个是病人,得了小肠疝气,战士得这病很多,需要开刀。"母亲随后还跟我解释了小肠疝气的致病原理,让男孩子不要用力过猛,以免得病。

母亲十五岁离家,离家前几年的生活阴暗压抑、不堪回首,让她对家的感情变得淡薄,离家如同挣脱樊笼,飞上蓝天;如今,外婆突然到来固晋村,母女朝夕相处,让母亲原本淡化的家庭感苏醒了,对外婆的情感也苏醒了,天天叫着"妈妈",看着妈妈融入"革命大家庭",喜悦如溪水在她心头汩汩欢唱。她决定不再与外婆分开,永远在一起。于是,她负担起赡养外婆的责任,让外婆成了随军家属。从那时起,除了战争形势十分危急、家属必须疏散的特殊时段,外婆一直跟着母亲,随同大部队转战南北,直到母亲20世纪50年代转业,一起定居上海;以至一位陈姓副部长在文革结束后从北京来上海,见到外婆,还半开玩笑半惋惜地说:"妈妈你那么多年一直跟着部队,那时怎么就没把妈妈也列入编制呢,要不现在也是离休老干部了。"外婆则大声回应:"嗨,我现在有吃有喝的,要那东西做什么。"

构成母亲固晋村"惬意时光"的元素,除了外婆的到来,还有另外一个组成部分。

母亲在固晋村的日子,医学技术上也进入了成熟期,不再是那个领着一个护理员看管几个伤员的初级军医了。经过几年战地诊治的大量实践,她积累了经验、充实了理论,被任命为军区司令部总门诊室的总室长,这个有点怪异的头衔,除了显示出她还有不少属下(从字面上看,下面似乎还有若干分门诊室),在医学业务上也应该是固晋村的"学术权威"了。母亲跟我说过,通常的患者都是自己来到门诊部来就诊,但如果军区首长病了,就要她这个"总室长"亲自出马,上门去他们家诊治,因为她的医术信得过。

在粟裕和陈丕显住处,她遇到了楚青和谢志成,她俩已不是盐城泰安庙新四军军部机要室里打地铺的机要员了,一位是粟裕夫人，一位是陈丕显夫人。两位夫人各自在固晋村诞下一子。薛联负责固晋村的日常保健之外，也负责村里村外的产妇接生，外婆一提起这事就会摇头："自己还是个姑娘家，就给人接生，唉……"楚青和谢志成的孩子是不是薛联接生的已无从查知，但是，她终身引以为豪的一次接生，就发生在那个时段。

离固晋村数里之遥的林溪村，是父亲郭永绵正遭遇"车轮大战"焦头烂额的地方，苏中党校副校长张敬人的妻子朱锷生产了，十九岁的薛联急忙赶去接生。孩子难产，经过一整夜的磨难，总算生了下来，是个女婴，已经皮肤紫绀、身子僵硬、没了气息，连孩子的父母亲都见无望，准备放弃，薛联舍不得、不放弃，对婴儿口对口呼吸急救，一口气接一口气地用力吹吸着，过了长长的一段时间，就在众人彻底绝望的时候，孩子"哇"地哭出声来，细弱的哭声在茅屋产房里飘荡，宣告一个新生命的降世。这个叫小明的女孩子后来住在北京，直到近七十岁的老年，只要来上海，就要来看望救她一命的"薛联妈妈"，拉着"妈妈"的手，依偎在"妈妈"身边。

薛联在固晋村的业务，除了日常医疗诊治，还负有教学任务，为一师后方医院培训医务工作者。具体的授课详情已不得而知，但是，教学中已经有了相当专业的解剖学课程，这个课程的存在，由固晋村中发生的一件令人震撼的事件得以佐证。解剖课最需要的是供解剖教学用的尸体，可在那个时段上，在民风封闭的乡间，一具可供解剖用的完整尸体实在是很难得到，直到那一天，后方医院突然有了一具尸体。

固晋村的闲暇时光中,军民融洽,打成一片,农民的庄稼地也时常有军人帮助打理,恍如家人。一次,村妇救会长在自家地里干活,一个年轻的通信员也跟着下地,帮助妇救会长。两人并肩干着活,阳光照射,热气蒸腾,妇救会长强健的身体散发着女性的气息,小伙子久旱逢甘霖般地迷醉了,突然失去了控制,扑上去撕扯她衣服要强行亲近。光天化日,结果可想而知,妇救会长大声呼喊,小伙子束手就擒,被扭送至司令部。军区领导震怒,命令立即枪毙。全村的老百姓没想到是这么个结果,连同妇救会长一起跪在司令部门前,替通信员求情,说放他一条生路,“让他上前方打鬼子也好啊”。无奈军令如山,通信员还是被枪毙了。

薛联的“惬意时光”有一个令人意想不到的内容——她迷上了读小说。她的住处在一户地主家中,是一个幽静宅院。抗战期间,共产党放弃了先前“打土豪分田地”的土地革命纲领,对地主实行的是减租减息,阶级对立减弱,两造相处,气氛还算平和。这户地主家有文化人,家中颇有藏书,她闲暇时就在藏书中找小说来读,巴金的《家》《春》《秋》就是那时读的,也有外国翻译小说,她读过法国作家皮埃尔·洛蒂写于 1886 年的长篇小说《冰岛渔夫》,书中主人公金发碧眼、高大英俊,让还是少女的她印象深刻;她读过的最搞笑的书是《唐伯虎点秋香》,多年后回忆起其中聪明丫鬟捉弄风流才子、让他喝尿的桥段,还忍不住摇头低笑。

薛联在这户地主家中养成的读小说的爱好,持续终身,1949年后定居上海,家中始终有她持续不断带回来的各类小说,我也因此初窥了文学的大门,对日后走上文学创作之途有发蒙之功用。

构成薛联"惬意时光"的最后一个部分,则是安宁时局带来的异性间的吸引和追逐。虽然对军人成婚有"258团"的严苛规定,即"二十五岁,八年军龄,团职以上",但是,在这个军区首脑机关,符合条件的还是不少。五年军旅时光,薛联从一个黄毛丫头出落成明眸皓齿的美丽女子,她的门诊室,成了许多战火中大龄未婚男性的追逐之地。他们以要求诊治疾病为借口,制造与她接近的机会。薛联的对应从来不变,对所有的追求者一律冷眼相对,目不转睛地盯着对方的眼睛直视,直到追求者难以支撑知难而退。她对异性间的欢爱强烈抵触,也许是童年那次以死抗争的三天童养媳经历,留下的阴影太深了。她的公开宣言是:抗战一天不胜利就一天不谈恋爱。门诊室终于安静了下来,恢复了单一工作场所的属性。

薛联回忆这个时段,最深的印象是:她与同龄人最大的不同在于,她早早没有了"小孩子"的光阴。休闲时光里,大家可以嬉笑打闹,而她则要处理大量的行政工作和日常事务,她是个"领导",早出操、晚点名,每天都要站在队列前训话,总结一天生活,用表扬和批评来规范下属日常行为,提振工作效率;因此,她自己无论在军容上还是生活上,都要以身作则,而以身作则就是要行为方正、少年老成,成为执行各项规章制度的典范和样板,如此,下属才会对她的批评心服口服。

这个过程,让她不知不觉中与环境、组织和制度融为了一体,她就是这个政治组织和战争机器的一个部分,甚至是一个零件,她会忠实地执行整体需求的任何要求,为了达成目标,可以牺牲个人的一切。世界上所有军队的训条,都是"军人以服从命令为天职",在固晋村这个基地里,"军人服从"与各国常规条例还有不同,他们是基于一个共同的信仰,自愿地走到一起,把包括生命在内的个人所有全部交付给组织,而从不对组织的决议产生任何怀疑。对组织的号召更是全力以赴去完成。

固晋村的薛联既聪敏、漂亮,又勤奋、忠诚,刚入伍的小女兵视她为偶像,想要成为她那样的人,一如她在抗大女生队遇见张西蕾时的观感;年长的则把她当做可爱的小妹妹,疼爱她、呵护她,她几乎成了固晋村的宠儿。她则把固晋村、把新四军、把党组织当成了自己的家,无条件地膺服这里的一切,愿意为这个家奉献一切。

这种生活形态和精神结构是一柄双刃剑,既支撑着薛联和她的战友们不畏惧、不动摇地走过最为艰难险阻的历程,却也种下了在建国后风云诡谲的政治斗争中,盲从信任、自投罗网、屡遭迫害的人格根由。

固晋村的这种形态,似乎可以看出不少日后遍及中国大地的"大院"雏形。

整个村庄既是一个党政军指挥机关,又是一个所有工作人员聚集的生活区域,不仅有完整的办公场所,还有全套的生活设施。村里的居住者既是同一机关的同事和战友,又是朝夕相处的邻居和家人;在共同的人生信仰和战略目标之下,由组织和机构负责所有成员的经济开支,根据地普遍开展的"大生产运动",让经济活动自给自足,更具备了家人般的凝聚力和万众归一的向心力。很多时候,工作场所也是生活场域,工作和生活融为一体、难以区隔,就连恋爱、结婚、生育,既是私人生活,也是公家掌控的公众事务,有着一目了然的规定和按部就班的程序;他们过着一种中国人从未有过的军事共产主义的生活。

20 世纪中叶,席卷全球的国际共产主义运动,在中国这片惯于王朝更迭的农耕民族辽阔土壤里,集天时地利人和,长出了合乎水土特质的奇特果实,它那强悍的生命力,抵消了自身物质匮乏、经济落后的劣势,创造出以弱胜强的历史奇迹。

这种生活方式的内核里,包含着中国农民起义军的传统风味和西方激进社会运动的现代风貌,带着新锐的强大冲击力。随着战争胜利的脚步,以革命传统之名,在物质和精神两个方面,顺理成章地推展和接续下去,直到建立新中国政权,之后,在全国范围内实行的计划经济,以至走得更远的天下大同式的"五七公社",都能找到这个根据地时代生活方式的渊源和根由,但也展示了双刃剑寒光凌冽、锋刃逼人的另一面。

薛联在固晋村大面积拒绝追求者时,根本不知道,她未来的丈夫就在相距几里路的林溪村。他们都还不知道对方的存在,他们的相识,还要等上五年之久,他们正朝着这个汇合点走去,吸引他们不断走向对方的是他们的共同点:他们一样倔强,一样不向命运低头,一样不肯妥协,一样从不服输。这些特质,让他们得以在最艰难的道路上坚忍不拔地走下去,直至他们相遇。

固晋村是母亲的福地,在这个村子里,她迎来了期盼已久的抗日战争胜利。她永远也忘不了那一天,1945 年,八一五,日本投降的消息传来,她和战友们疯了似的,忘情地把军帽扔上了天,反复狂呼着:"我们胜利了!"一边叫,一边从地上跳到凳子上,从凳子上跳到桌子上,再从桌子上跳到地上,泪水和汗水交织着,在年轻的脸庞上流淌,反射着八月艳阳的绚烂光芒……

第十四章
中国　苏南

1944 年下半年,郭永绵在人生低潮的浊水中蹒跚而行。新四军却因一个意外的时机,得到了极速扩张的机会,连带将郭永绵也带进了一个新天地。

1944 年 8 月,延安的美军观察组,突然向中共中央探询一个配合作战的可能性。

随着太平洋对日作战节节胜利,美军计划于 1945 年的总攻阶段在中国杭州湾一带登陆,歼灭大陆日军,他们希望共产党军队届时能够在当地予以配合,盟军方面则可以为新四军提供相应的武器装备。

这一从天而降的大好机会,让毛泽东大喜过望,中共若予以配合,一则可令共产党的游击战直接与盟国反攻作战的军事行动衔接,使中共获得更加宽广的国际背景;再则,可名正言顺地让新四军重返江南,让自"皖南事变"后丢失的根据地得以恢复和扩展,更可以为抗战胜利后不可避免的国共内战预先得到有利的战略态势。

中共中央当即抓住这个稍纵即逝的时机,经过几个月的密集筹备,决定成立以粟裕为司令的苏浙军区,统领从各部抽调汇集的万余部队,于1944年12月起分批渡江南下,穿过京沪铁路,走江苏溧阳至浙江长兴,再挺进天目山。经过三次天目山战斗,终于站住了脚,在靠近京沪杭敌伪军的中心地带,开辟出新的根据地。

郭永绵就在这支南下队伍中。部队行至溧阳高旬,郭永绵被派去开展地方工作。在这里,他遇到了在苏中的老领导县委书记,也是他的中国入党的介绍人杨辛。郭永绵像见到了娘家亲人,一肚子的辛酸苦水,一股脑儿朝杨辛倾倒发泄,杨辛安慰他,这类问题中央早晚会出来甄别的,现在除了忍,也没有别的法子。县委给他分配了新的工作,到新开辟的根据地东坝区,任区委书记兼任区长兼任区大队长,把一个区完完整整交给他一个人,也算是一种心理补偿。

郭永绵不负嘱托,很快打开了局面,让共产党新政权在新四军打下的新区里站稳了脚跟。县委随即又委派他到刚刚占领的韩固区,依然是区委书记区长兼区大队长,党政军职务一肩挑,组织建设区乡村各级政权和群众武装,巩固新区。

连番转战,成绩斐然,郭永绵似乎从人生低谷的泥潭中爬了出来,慢慢恢复了自信和意志。但是,他无论如何也回不到从前了,他的血液中,渗进了自己都没有觉察到的新因子。

韩固区位于敌我区域交界处，双方人员犬牙交错，互相渗透。一天，郭永绵突然得到检举情报，说他手下的区大队有五六个人私通日伪军，正在密谋与敌人里应外合，端掉他的区公所。郭永绵当机立断，迅速逮捕了这几个人，连夜押送到溧高县的县公安局，让上级安保部门处置。

　　县公安局突击审问，这几个人就招供了，情况属实。但是，县公安局的处置却是：这几个人都是本地农民，又是初犯，既然已经招供，就宽大处理，放他们回区大队，让区里管束。郭永绵坚决反对："区大队离敌人太近了，他们一抬腿就能跑过去，你们宽大就让他们留在你们县大队。"县里不同意他的建议，这几个人还是被送回到区大队，果不其然，不久他们就逃离区大队，投奔对面的日伪军去了。

　　后果很快就显现了出来。这几个叛徒是本地人，对韩固区的情况了如指掌，他们带着日伪军下来，对根据地展开袭击。叛徒熟门熟路、针对性强、一打一个准，抓走了一个个他们熟识的乡村两级干部和干部家属，一时间，根据地风云变色，人心惶惶。

　　郭永绵召开区委会议，会上群情激奋，有家属被抓的干部激烈要求区大队直接攻打敌人据点，解救亲属。但这远远超越了区大队的作战能力，他们仅有的步枪、手榴弹等轻武器，根本不可能打开有护城濠环绕的坚固炮楼，就连县大队也不具备这样的攻坚能力。武力解决不行，一时间大家有一种束手无策之感。

　　主持会议的郭永绵，血液深处涌上来一股前所未有的狠气和杀气,陌生而激烈。他说:"他抓我们的人,我就抓他们的人,他杀我们的人,我就杀他的人。"他当即下令,把据点里一个伪军最高军官在根据地的家属——父亲母亲,兄弟姐妹,嫂子情人——统统抓起来,集中关押,足有好几十个,比他们抓的人还多。再写信送进据点,信中说:"你们赶紧把人放了,否则我们决不放人;你要是杀人,你杀一个,我杀两个。"

这一下敌人慌了。据点里很快就有人出来,跟共产党区公所谈判。谈判的结果,既然是据点先抓人的,所以,据点方面在限定的时间先放人。敌人同意了,把根据地的干部和家属都放了。郭永绵也守信用,把伪军官的家属全部释放。

但是,那几个叛徒不能轻饶,因为他们对根据地太熟悉了,危害太大,必须除掉。郭永绵请示县里,这次再抓住他们,要就地正法,抓一个杀一个。县委批准了这项死刑申请。

县委核准到手,郭永绵带着部下全力追捕这几个叛徒。他们细致地侦查着这几个人的行动规律——几时到镇子打牌赌钱,几时出来找姘头过夜,把对方的活动踪迹排摸得一清二楚,开始了一个一个的精准抓捕。

不久,这几个汉奸一个接一个落网。每抓住一个,区里就贴出布告,公告这些汉奸罪名,宣布判处死刑,立即执行。汉奸的名字用红笔打上勾,布告落款:区长郭永绵。他们把布告贴到据点下面,把判处死刑的汉奸带到据点近旁执行枪决。

这一连串的铁血手段,凶狠地震慑了敌方。根据地的局面很快安定住,敌人再也不敢来袭击,我方也没有人再投敌。

被拖到据点下执行死刑的汉奸中,有几个是郭永绵亲手开枪处决的。

最后的这个细节引起了我的注意:父亲大可不必亲自动手杀人。他是区委书记,处决死刑犯不是他的工作。他为什么要近距离开枪,取人性命?

在政治上,这也许算得上是一种特殊的宣示,他要用血腥的手段告诉敌我双方,韩固区的最高长官杀伐决断、冷酷无情,对任何破坏根据地的行为都不要心存侥幸,他们绝对逃不过血淋淋的报复。枪响脑碎,一人一尸,这是交战对手唯一能听得进去的语言。

这是个充满工具理性主义的推测,事情的实质很可能正是如此,事后呈现的实际政治效果也验证了这一点:大局稳定,更多的生命得到了安全保障。

但是,在这个冰冷坚硬的表象下面,我嗅到了一种不同寻常的气息。

对一个南洋的浪漫文学青年来说,纸面上的"革命是一个阶级推翻另一个阶级的暴烈行动"的理论是一回事,拿枪抵着一个活人的脑袋,扣动扳机打碎脑壳,让厚重殷红的血浆和白色的脑组织散落在自己脚下又是另一回事。更何况,这不是搏杀角斗现场的即时自卫,而是对没有丝毫反抗能力的活人的杀戮。这必定有一种强烈的心理动力,不仅仅是对汉奸叛徒单纯的义愤就可以直接解释的。

父亲似乎也意识到这个潜伏在工具理性表象之下令人不安的动因,1995年,面对我的"你杀过人吗,怎么杀的?"的问题,年逾古稀的父亲在回答前踌躇了一下,额外加了一句自我定义的开场白:"我这一生,有善的一面,也有狠的一面、恶的一面,我杀过不少人。"

在遥远的史前远古,南方古猿也好,走出非洲的智人也好,人类先祖在危机四伏、险象无尽的原始蛮荒里活下来,靠的是杀戮和残忍,没有得到这个遗传的个体,都消失在了进化的长河里。

进入文明时代的人类,血液深处的残忍和杀戮虽然因为文明准则的压制而处于深度休眠之中,但它们始终是一种随时可能苏醒的怪物,一旦醒来,瞬间就能主宰宿主的个体人生,而战争则是大规模唤醒这份残忍和杀戮的便捷通道,因为召唤它们的是正义的大旗,迎风猎猎、艳丽而夺目。

父亲身处的第二次世界大战,其时正如火如荼,席卷了这个蓝色星球上六十多个国家和二十亿人口。在如滔天巨浪的战火里,无数个体如同投入大火的薪柴,溅起冲天的火星和无边的烟尘,生命则化为灰烬,永远消失。待到大战结束,人类杀戮的同类,达七千万之多,尸山血海,无边无际。

参加革命和战争已经长达八年的郭永绵,目睹无数的个体死亡,心肠如不能锤炼得硬如铁石,恐怕早就精神崩溃、毁于一旦。但这只能说明这个南洋文青不乏举手开枪、取人性命的勇气,仍无法解释他亲手处决那几个死刑犯的动因——除了政治考虑之外，还有没有其他因子？

我觉得是有的。

过去这八年，郭永绵深陷政治和战争行动之中，而这些行动越来越呈现出你死我活的样式。先是针对敌人，你不杀他，他就杀你。对于这一点，他在槟城码头告别母亲时，就明确意识到未来将要面对的这种残忍的生活方式，他坚定地说了："他杀我，我也能杀他。"并且在后来对日作战的战场上，他坚定地做了。这对他的意志是一种加固，他越来越坚硬，越来越经得起死亡的锤击。

然而，还有一种令人绝望的摧残和牺牲，是他根本无法预见的，那就是革命队伍内部的整肃。他根本想不到，这会是革命大业中必定有一部分人要付出的代价，就如同战场冲锋必定要有一部分士兵会倒下。这个现实彻底摧毁了他的意志，他如地震中的岩壁，在天塌地陷的震动中溃败，几乎成了碎片。经历过苏中党校八个月的整肃之后，郭永绵失去了两节手指，失去组织的信任，有一段时间他心如古井、心如死灰，甚至只求一死。这是个极其可怕的精神危机，如果跨不过去，他就会像他的好几个党校同学一样投河上吊，了结自己，湮灭在革命征途中。

所幸他遇到了县委书记杨辛，对他委以"重任"，让他独当一面，让他有机会在做最终决定的决策权的行使中重建自信；而对另一个生命个体的生杀予夺，才是一个人在人世间所能够行使的最高决策权。在正义的名义下，亲手结束另一个人的生命，使他确认自身的强大和饱满，从头收拾残破的精神山河，再次找到在这个世界的定位。这也许就是驱动他亲自行刑的隐秘而残忍的因子。

2019 年 4 月 25 日，仲春时节，草长莺飞，我来到南京高淳区桠溪镇跃进村的西舍自然村。前一天我在核对书稿的这一章节时，上网查询"溧高县"定位，发现它是历史上短暂出现过的一个共产党政权"溧高县民主政府"，由新四军攻占的溧阳溧水高淳三个县的部分地区合组而成，县政府就在这个叫西舍的村落里。忽然间，一个强烈的直觉呼啸而来：这里会有父亲的遗迹留存。

驱车三百公里，我来到这个长江南岸的僻静村落。县府遗址在村边，砖木结构，两进大院保存完好；政府大会场在村前，改建成了一座精致的纪念馆。

纪念馆保持了会场原样，天幕上高悬朱毛画像，红旗衬托，主席台下是一排排会场的长椅子，四面墙壁上，挂着制作精美的展板，记叙着开辟这块根据地的历届先人——从粟裕、王必成直到县区干部。

我走到一块标示着"中共溧高县组织机构"的展板下，应该是它了。我停住脚步仔细查看，不出所料，溧高县分为韩固、东坝、兴安三个区，其中韩固、东坝两个区的区委书记，都标示着"郭永绵"，时间从 1945 年春到 10 月。

我的目光久久停留在这块展板上，停留在"郭永绵"这三个工整的字体上。

找到了。

两年前的这个时候，我在苏北宝应县西安丰镇，找到了镇文化馆收藏载有郭永绵落难的回忆录书籍，找到了他的落难之地林溪村；此刻，我在苏南高淳区桠溪镇，找到了纪念馆中郭永绵重新任职的展馆标示，找到了他再次站立的西舍村。

整整两年。

诡异的巧合是：历史上，父亲也用了两年时间，从林溪走到西舍，从沉沦走向崛起。更为巧合的是，这两处，都留下了史料记载的印痕，确凿地佐证这一段不可思议的时光。

这两个发现都极其偶然，郭永绵在历史大河中的点滴印记微若尘埃、短如流星，须臾之间飞散失落、永远消逝。幸得有跃进村书记黄世宝，高淳区新四军研究会王贵桃、陈宁剑等有心人，凭一己热忱在大河上撒网捕捞，发现它们，打捞出水，定格一端。

七十四年前，二十五岁的区委书记郭永绵一次次走进这个僻静的村落，汇报工作、发表意见、制定方案，又一次次从这里出发，走向纷乱的人世间，实施预想的种种计划和意外的随机反应。在这一次次的交替往还中，完成了残酷的浴血重生。

这里距离日伪统治中心南京只有区区几十公里，这个短暂的抗日政权像是一根尖利的毒刺，直接扎在敌人眼皮上，敌人必欲拔之而后快。于是，扫荡与反扫荡、渗透与反渗透、蚕食与反蚕食，拉锯般地日夜不息。日子里满是征战和杀戮，生与死如同日落日出，交替往复在这块血腥的土地上。

2010 年 7 月，世界慢城联盟副主席、国际部主席、意大利波利卡市市长第三次来到高淳，在游览过"生态之旅"后，安杰罗瓦萨罗十分惊讶："这里的一切，完全符合'国际慢城'的标准。"之后，经过世界慢城联盟的多次考核，桠溪生态之旅在 2010 年 12 月苏格兰国际慢城会议上，被正式授予"国际慢城"称号，高淳桠溪"生态之旅"成为中国第一个国际慢城。

"慢城"是一种放慢生活节奏的城市形态，是指人口在 5 万以下的城镇、村庄或社区，反污染，反噪音，支持都市绿化，支持绿色能源，支持传统手工方法作业，没有快餐区和大型超市。

根据"慢城"运动联盟的规定，成为其成员必须在城市人口、环境政策、城市发展规划、基础设施、食品生产甚至青少年教育等方面满足五十四项具体规定。截至去年，全球已经有二十四个国家的一百三十五座个城市获得"慢城"称号，在亚洲国家中，日本、韩国都有"慢城"。

高淳桠溪镇作为中国第一个国际慢城，有其独特的环境优势，这一地区地处苏皖两省溧阳市、高淳区、溧水区、郎溪县四区县市交界处。这里是茅山、天目山山脉的汇合地,是太湖、长江水系的分水岭,植被覆盖度高,物种丰富多样,生态环境优越。"生态之旅"区域内人口约二万人,六个行政村分布在一条长达四十八公里的风光带两旁,沿线时而依山傍水,时而穿林越山,沿途郁郁葱葱,鸟语花香,尽显田园风光,山林情趣,不但能让游客领略到登山揽胜、赏竹观松的乐趣,更能让游客感受到四季瓜果香、把酒话桑麻的农家风情。(摘自"百度百科")

七十四年后,这块印满父亲足迹的征战杀伐之地,用江南的斑斓色彩和乡村的宁静秀美,跻身于"中国最佳休闲胜地",吸引了全世界的游客,在中国现代化进程中,成为后现代时尚生活消费模式的一个精致样本。

从苏北的林溪村到江南的西舍村,郭永绵如哪吒般剔骨还肉、心身重塑,而不久后的一桩历史重大变故,又使得他有机会将重塑之身投放到炮火连天的战场,披坚执锐,攀缘云梯,高声呐喊着攻上弹雨泼洒的城头。那个南洋浪漫文青,终于蜕变成重生于现代的青铜武士,寒光凛凛、锐不可当。

第十五章
中国　江苏　浙江

　　1945 年 8 月 29 日到 10 月 10 日,全世界的目光都凝聚在中国西南山城——战时陪都重庆。这四十三天里,由美国政府做安全担保,毛泽东与厮杀了十几年的老对手蒋介石再次聚首,举行了影响深远的国共两党"重庆谈判"。

　　毛泽东 8 月 28 日抵达重庆,蒋介石当天就为他举行欢迎宴会。席间,毛泽东称蒋介石"委员长",蒋介石称毛泽东"润之",会后,蒋介石邀请毛泽东在自己的林园官邸下榻,气氛十分融洽。但是,一周后,中共方面提出了十一条谈判要点,气氛立即急转直下。

　　国共双方达成了包含拥护三民主义、拥护蒋委员长领导地位、惩治汉奸、停止武装冲突、承认各党派合法地位等双方都能接受的部分,但在关键的政权和军队方面,双方分歧巨大。

　　中共提出,共产党人担任解放区所在地的山东、山西等五省省主席、解放区广为分布的湖北广东等六省副主席,以及北平、上海、天津和青岛四个特别市副市长。国民党方面予以全面否决,坚持各解放区官员都需经国民党认可才能留任;军队方面,中共提出保留四十八个师,而国民党坚持共产党最多只能拥有十二个师。双方差距大到谈判几乎难以为继的地步。蒋介石甚至萌生过扣押毛泽东,予以"审治"的极端念头。而在山西上党,国共两军爆发大规模武装冲突,共产党一举歼灭国民党军十一个师三万五千余人。谈判形势到了彻底破裂的边缘。

在以美国国格担保毛泽东人身安全的美国驻华大使赫尔利全力斡旋下,中共一再让步,最后同意军队保留二十个师,武装部队从长江以南的广东、海南岛、浙江、苏南等八个地区撤退,仅驻防山东、河北察哈尔等北方解放区。

1945 年 10 月 10 日,历尽险阻的《政府与中共代表会谈纪要》,亦即史称的《双十协定》终于签署,并公开发表。毛泽东第二天在重庆九龙坡机场登机,飞返延安。与此同时,为表示执行协定及换取全国和平的诚意,中共南方根据地的撤退工作也按照协定要求,随即展开。

首当其冲的是父亲郭永绵所在的苏浙军区,他们付出鲜血和生命,辛辛苦苦打下却还没来得及坐热的新根据地,就这样被放弃了。郭永绵随所在地区的四五百名干部离开苏南浙北根据地,一起渡长江北上,组建华东军区八纵队,他被分配到 72 团,由地方又回到了野战军。部队组建初始,只任命他为连队指导员。由区长、区委书记、区大队长一肩挑,并主管一方的领导干部,降职为连级干部,显然,他那些个"挂"起来的、说不清道不白的"历史关节",又起作用了。

说来也巧的是,纵队政治部主任正是郭永绵在苏中党校三队的支部书记韩念龙,两人分别一年又相逢了。韩念龙一见之下,便把郭永绵调离连队,直接到纵队政治部出任营级宣传干事,之后,八纵队整编为新四军华中野战军一师,粟裕任师长兼政委,韩念龙还是政治部主任,再将郭永绵调任到一师所部的9团任宣传股长。

韩念龙曾对郭永绵组织过"车轮大战",日夜逼供,郭永绵愤而砍下自己的两节手指,交给的也是韩念龙,他们可谓是不打不成交,相知甚深了。此番异地重逢,韩念龙对郭永绵所做的职务调整,也算是对整风运动中过火行为的一种歉意和补偿。从此时起,郭永绵再也没有离开过正规的野战军,直到1950年代中期,从陆军第23军69师党委常委、政治部副主任转业到地方,才脱下军装。

翻看父亲的履历,随之而来的三年"解放战争"中,他的经历颇为微妙。

解放战争爆发,从宣家堡的"七战七捷"开始,到之后的"保卫涟水",再到"鲁南行动",到后来大兵团作战的大仗"开封战役""济南战役",直到最后的战略决战"淮海战役",郭永绵都稳坐在团宣传股长的位置上。一有战事,他即被派赴一线作战的营部,一旦营教导员战死或负伤,他就第一时间成为战场代理,指挥部队继续前线拼杀。在"鲁南行动"攻打费县时,墙高城固,部队没有火炮,也还不会爆破,部队硬是驾云梯爬城墙,舍死强攻。郭永绵甚至被团长指派,前突到城墙下,带着突击班,搭着云梯,冒着敌方泼天弹雨爬上城墙,与守敌厮杀。那一仗,消灭守军三千多人。他攀登城墙时,右手掌被城头的铁丝网豁开,伤口绽露白森森的掌骨,那一道长长的疤痕跟随了他一辈子。

就这样,郭永绵一直是团政治处宣传股长,却一直在火线上,不停代理受伤和战死的各营教导员,充当临时的战场指挥员。他所在的 207 团,他代理过一营教导员、二营教导员和三营教导员,直到淮海战役中,师特务营教导员受伤,他也去代理。战事结束,郭永绵又回到团部,继续当他的宣传股长,守着一个滚筒纱布、一块钢板,刻刻蜡纸、出出油印小报,给不识几个字的士兵阅读;如是整整三年,他就在不断的战场代理和枪林弹雨中度过,既不提升,也不转行。没有人知道为什么。不过,他自己对此倒并不介意,反而为能在危急关头,代理遍了全团所有营教导员而颇为自得,甚至引以为豪。

如今回首,有一个现象依然很难解释。

郭永绵受命接替的那些位置,都是极度危险的岗位,这个位置上的所有前任非死即伤,无一幸免;而他一次又一次地在前任死伤之后,站上这个随时可能丢命的岗位,指挥作战,率部拼杀,竟然毫发无损,劈头盖脑倾泻下来的炮弹枪弹,始终与他无缘。与他在马来亚槟城一起抵制日货"工抗"负责人李诚,就没有这种神奇的幸运了。李诚回国后,在华东野战军四纵队 35 团三营,也是教导员,淮海战役中,李诚率部攻打吴庄,冲锋时被炮弹击中牺牲。同样是淮海战役的那场鏖战,郭永绵所在一师的特务营教导员负伤,郭永绵受命上去代理教导员,率领部队继续冲杀,遇敌机轰炸,航弹从天而降,身边的警卫员当场炸死,他近在咫尺却毫发无伤。

这奇迹般的幸存率,无以解释。

父亲说过他当时对生死的看法:

"那时,根本没有想到可以看到胜利的那一天。一是不知道哪一天能把国民党打败,把这个国家拿下来;二是那时候,一仗接一仗地打,不知道哪一仗就碰上你,轮到你死了,生死之间,好像死的可能性更大一些。我们行军时也聊天,说起胜利后最希望做的事情,有的说'睡三天三夜',有的说'要一支好钢笔''要一部好收音机,听听音乐'。总之,对最后我们能胜利是有信心的,但对个人能不能活到胜利那一天,不抱希望。"

不抱希望活着,也就不怕死去,打枣庄时的那个插曲,直观地展现了战场上的生死信条。

1946 年 12 月,郭永绵所在的部队包围了山东枣庄市的国民党军整编第 51 师,国民党地上重兵驰援以图解围,天上飞机轰炸开道。扔下的炸弹炸死了农民耕牛,农民守着死牛痛哭,解放军劝慰着,掏钱给农民,说:"老乡别哭了,死牛卖给我们好了。"

部队买下死牛,宣传股也分到一大块牛肉,他们架锅正煮着,敌机再次临头,盘旋着寻找目标。大家赶紧撤去树林隐蔽,郭永绵舍不得已经煮熟的牛肉,返身跑回去,用茶缸舀起一缸子肉汤,抓起一块煎饼就跑。飞机迎头俯冲下来,眼见两颗热水瓶大小的炸弹扑面而来,他夹在小巷子里无处可逃,只好就地趴下,还不忘用煎饼盖住茶缸。炸弹在几十米处爆炸,他被炸起的泥土盖了个严严实实,不见了踪影。树林里的战友眼见着他消失在浓烟尘土中,连声喊:"完了,完了,老郭为一口牛肉被炸死了。"他从土里钻出来,端着茶缸冲进树林,还得意地说:"你们没的吃吧。"

"那时候,死不死不在乎,反而是嘴馋受不住。"父亲回忆说。

如是的生命需求排序,反倒活出了自由和自在,恍如魏晋竹林七贤中的刘伶再世:他喝酒巡游,让仆人扛铁锨跟着,"死便埋我"。鲜活的生命,自由而快乐地穿行死亡,让日子过得跟和平年代没有两样,在轻俏的快乐中,一样沐浴着每天的太阳。

如果没有这样的生死观,肯定是捱不过那些每一秒都可能死去的岁月,那种大无畏的精神令人景仰;现实中,这种大无畏和不怕死,也让共产党一方战斗力倍增,加速了战争的胜利。然而,他和他们,因此而形成的对个体生命以及价值的轻视和轻掷,整个重塑了中国后来的社会观念和文化意涵,造成的无数伤痛,留给历史进行漫长的修复,则是硬币的另一面了。

"置于死地而后生"，从古代军旅起始，就镌刻在武士的胄甲与刀剑上。这一从古至今一脉相承的勇者信条如同一面旗帜，飘扬在连绵战火之中，引导着父亲，屡犯险地而无一丝惧色，心有憧憬仍敢赴汤蹈火，终于战胜死亡，走进他未曾料到的胜利后的时空。

第十六章
中国　山东　江苏

在这同一时段，决定中国向何处去的国共大战爆发，对母亲薛联来说并不突然，也不意外。自"皖南事变"爆发，他们的军长叶挺被俘，政委项英被杀，他们痛哭失声，愤怒地摘下军帽上的青天白日帽徽扔在地上时，就已经预见到这一天了。"皖南事变"是国共合作抗战的一道分水岭，事变之后，国民政府宣布新四军为"叛军"，取消番号，断绝粮饷供给。新四军则重建军部，不再受国民政府调度节制，在日军占领区内放手扩展根据地，军力扩至七个师以及多个军区，由一万余人发展成二十余万人的大军，设卡收税、开设银行、发行货币，俨然国中之国。

这个时段上，薛联耳濡目睹的是十四年抗战即将胜利，国民党要下山摘桃子了。时至今日回首审视，这种说法自然含有抹黑政治对手的宣传成分，但对身处敌后、时时面对日军"扫荡"袭击的新四军而言,遥望远在峨眉山的蒋委员长,这个说法感官上也与事实相差不大。国府对新四军抗战表现的评语是"游而不击""一分抗战、两分对付、七分摩擦",同样也是抹黑政治对手,但从大后方国民政府的视角看出来,相比他们扩充的广大区域与庞大军力,新四军零打碎敲的杀敌战果也是小得不成比例。

平心而论,抗战后期,共产党和国民党军队都在与日军激烈交战,只不过,共产党军队攻城略地战果显著些,收复县城达一百多座;国民党军面对日军主力声势浩大的"一号作战",虽浴血奋战,但损失惨重,丧师四十万,失地二十万平方公里。在 1945 年"八一五"日本投降前的那一个月,共产党收复县城十六座,国民党继续丢失县城十八座。

1945 年 8 月 15 日,日本天皇宣布"终战",在华二百万日军无条件投降,国共双方狂喜欢庆之后,随即开始了对未来中国的规划和争夺。毛泽东赴重庆谈判,共产党方的百万军人极度担心领袖的安危,薛联和她的战友接到上级通报:毛主席说了,"你们在战场上打得越成功,我在重庆越安全"。结果,山西上党战役,国军折损数万,毛泽东平安返回延安。谈判结束,《双十协定》签字,国共双方一样,没有谁相信和平会真的到来,以马歇尔为首的军调小组四处调处,却不能扑灭四处燃起的战火。

战火首先从接受日军投降的争夺开始。国民党命令日军只能向国军投降,而共产党则命令当面之日军就地向共产党军投降。苏中地区的日军据守高邮城,一直到天皇宣布"终战"四个月后,依然拒绝向新四军投降。1945 年 12 月,粟裕指挥新四军八纵,对高邮发起中国抗日战争的"最后一战"——收复高邮,全歼守城日军,纵队政治部主任韩念龙代表新四军入城受降。至此,日本军队在中国境内的军事行动,全部敉平。

那一刻,父亲被韩念龙调到八纵政治部任营级宣传干事,他奔赴一线参与攻击,并写下了国内对此战的第一篇战地报道《攻克高邮》。文章里,他兴致盎然地描述着:

俄国重机枪像一架从容的缝衣机嗒嗒地响了,跟着的是马克辛重机枪沉重的叫响,三八式轻机枪灵巧清脆地陪衬。

提到被俘的日军军官,他轻快地写道:

一个被追急的鬼子撞到一个战士跟前,将枪往旁边一丢,扑通跪下来:"好来西,好来西,大大的,枪过格过格,子弹过格,金表过格。"

武器都解下来,手表,没有人要他的。

他的行文山泉般的清澈,高中生般的清纯,出乎我意料之外。想想,他也才二十五岁,虽然历经灾祸、屡遭创伤,那颗心脏依然青春,自愈和修复功能依然完好,对生活的热爱一如既往。

日军在中国境内的最后抵抗被肃清时,国共之间的战火已经越燃越旺,终至调停失败。半年后,马歇尔沮丧地撤离中国,国共双方投入几百万兵力的大战,在广阔的国土上全面爆发,从南到北,战车辚辚,炮声隆隆,硝烟弥漫,杀声震天,整个中国在十四年浴血抗战之后,再一次淹入尸山血海之中。

母亲那年二十岁,她在上级定期的形势报告中,在"帝国主义和一切反动派都是纸老虎"的论断下,获得了战胜敌人的充沛信心,一如当年打败日本兵,"打倒蒋介石,解放全中国"是一件水到渠成、顺理成章之事。但她不知道的是,国共内战的大兵团作战,与此前新四军对日本军的游击战有着天壤之别。这个差别,一开始就差一点要了她的命。

母亲在这场国共大战中的第一个职务,是华东军区第二野战医院五大队大队长,这是一个营级职务,大约相当于现代医院的一个科主任。上面给母亲配发了坐骑——一匹温顺的枣红马,还有一个通信员、一个挑夫。通信员是一个小男孩,乖巧勤勉,照顾母亲的一应生活琐事,手脚勤快得连母亲的内裤都拿去洗,母亲比他大不了几岁,又羞又窘,严禁他再触碰自己的私人物品。挑夫是个中年大叔,秃脑袋寸草不生,一天 24 小时军帽不离头,他一根扁担挑着两个铁箱子,里面装着大队长工作所用的文件书籍和个人背包,让人想起西天取经团队中的沙僧。那两个绿色的铁皮箱今天还在我家壁橱里,只是早已油漆斑驳、箱体凹凸、满是瘪坑。

在公路上行军，浩浩荡荡的大军中，母亲骑在马上，高出众人一头。友邻的部队从旁经过，扛枪的步兵汗流浃背，仰头看着骑在马上年轻漂亮、英姿飒爽的母亲，气不打一处来，张口大骂："你这个官太太有什么了不起，不就是有个当官的丈夫嘛。"母亲的通信员急了，回骂着："你放屁，这是我们首长，不是官太太！"母亲则低声拦阻通信员："让他们说，别回话。"通信员气鼓鼓地不作声了。

这种欢乐场面没有持续多久，就被一场狼狈不堪的败仗终止了。

1947年夏天，为了粉碎国民党军的"重点进攻"，陈毅、粟裕率领华东野战军四个纵队十余万人，围攻山东中部南麻的国民党军五大主力之一的整编11师。这个美械师装备精良，师长胡琏吸取74师被歼灭的教训，构筑坚固工事，以逸待劳。陈粟大军强攻不下，耗时一周，伤亡巨大，国民党军大批援军来到，为免遭包围，陈粟大军只得撤退；他们心有不甘，随即又在临朐包围国民党8军，意图全歼，挽回损失。不料大雨如注，弹药受潮，攻击力大打折扣，再次强攻不下，而自己的兵力损失到了难以承受的五万人之多，不得不彻底放弃作战，急速脱离战场接触，远远撤退到黄河以北。此战是共产党军史上著名的败仗之一，损兵折将的人数，直逼长征途中的湘江之战。

母亲薛联的野战医院正在这场战役的中心位置。她在临时开设的前线救护所里做急救治疗，只见运下来的伤员成千上万，手术室的地面被一批又一批伤员的血迹反复浸染、层层积淀,滑得让人站不住脚。

这种阵仗,抗战最艰苦的时段都没有见过,大兵团作战与游击战的区别,此刻才真正显示了出来:死伤人数是以千、以万来计算的,战场范围是以百里、千里来划分的;天上飞机轰炸,地上大炮轰击;天空在燃烧,大地在震颤,几十万肉体纠合在一起,以命相搏,整个世界血雨腥风,恍如人间地狱。

那天,薛联正埋头给伤员做手术,只觉得枪炮声越来越近,不多久,就打到头上、身边了。前方不断有部队慌乱地退下来,整个野战医院却不知道发生了什么事情,也没有人通知他们撤退。直到最后阶段,有战士从救护所门口经过,边跑边喊:"你们快跑吧,前面已经没有部队在挡着了。"薛联才知道战况不好,她走出门外,往前面的战场方向看,黄军装的国民党军漫山遍野,喊着杀声,潮水般地涌过来。

前方没有阻击部队,身边没有警卫分队,他们这一支毫无自卫能力的医疗大队,直接暴露在冲锋而来的敌军之前,整个五大队和几百个伤员,即将被全部屠戮,死亡殆尽。

这种危急战场状况,薛联第一次遇到,她根本来不及思索怎么会发生这噩梦般的战况,急忙命令全大队紧急撤退:停下手术,收齐伤员。走不动的就放在牛车上,放不下的就叠起来,一辆辆牛车拖着重伤员,医护人员和能走动的伤员跟着牛车,用最快速度撤出战场,摆脱敌军的屠杀。

天空上,国民党军的战机跟踪追击,发现这支上千人的队伍,发动机嘶吼着,一再俯冲扫射。一串串子弹下来,有的牛车被击中,筷子长短的机枪子弹,洞穿车上的一层层伤员;有的牛车直接被炸翻,死尸一地,血肉模糊。

薛联领着她的五大队医护人员和几百个伤员,冒着枪林弹雨拼死奔逃,他们跟上级彻底失去了联系,只能凭着来时的记忆,朝着北方,朝着黄河的方向夺路狂奔。在那一天剩下的时间里,他们一口气跑了五十里,天黑了,才算摆脱了敌人追击。

第二天天刚亮,以为已经逃出险境的五大队吃惊地发现,追击的敌军又出现在不远的后方了。于是,一场夺命狂奔再次上演,这一天,他们跑了八十里路,天黑的时候,发现身后没了动静,才找了个村庄安顿下来,喘息着筹划明天的撤退。

接下来的一个星期里,这一场景反复上演,他们一千来号人总是尽最大力量,拼命北逃。一路上,不断有重伤员死去,死尸遗留一路;敌人总在身后十几里的间隔距离上,白天不离不弃地追击,晚上则安营扎寨,等候天亮。如是再三,直到五大队带着剩下的伤员来到黄河边,手忙脚乱地找到几艘渡船,慌慌张张地渡过浊浪滔滔的黄河,等全部人员一个不少地登上荒凉的北岸,敌军也追到黄河南岸,隔河遥望着这支残破不堪的队伍,停下了追击的脚步。

终于逃出生天的五大队,刚一踏上黄河北岸就翻天炸锅了。一个星期的生死时速、夺路狂奔,所有人都到了体力的极限和精神崩溃的边缘,尤其是伤员,在颠沛流离中,除了身上包扎的绷带纱布,几乎赤身裸体。他们怨恨部队扔下他们不管,肉体和精神的折磨让他们怒火中烧,他们把一肚子火都撒到带着他们撤退的五大队医护人员身上。他们围攻医生护士,一瘸一拐地追打他们,要抢夺他们的衣服,医护人员吓得四散躲避。

大队长薛联站了出来,走到骚乱人群的中心说:"我只有身上这一套衣服,你们谁要就拿去好了。"她强忍着不让眼泪流出眼眶,就这么泪光晶莹地看着身边嘶吼咆哮的伤员。

人群静了下来。这时候大家才听到,身后,黄河的涛声混合着风声,横扫河岸,他们把目光从伤心委屈的薛联身上移开,木然地看着被狂风卷起片片枯叶飞向天空。

一个年长的团职干部伤员走到薛联身边,说:"别为难人家小姑娘了。"

人群沉默着散去。

薛联拭去了眼泪,大声招呼着:"五大队的都过来,把衣服都给伤员穿。"

在黄河北岸,五大队终于找到主力部队,成建制地平安归队了。之后,上级来人给他们做了形势报告,他们才得知:原来,主力部队跳出敌人即将合拢的包围圈,对敌人进行反包围去了。敌人却误以为留下的后方医院是主力,于是穷追不舍,这就给真正的主力部队去迂回围歼敌人赢得了时间,五大队因此受到了表扬。薛联他们顿时释然,所有的委屈、伤心也烟消云散,非常高兴自己也能为整个战局的扭转贡献一份力量,虽然他们自己差一点被全歼,横尸鲁中大地。

这份高兴和自豪跟随了母亲一生,直到晚年提起"临朐南麻战役",她既心有余悸,又十分自豪,庆幸整个五大队死里逃生的同时,还当了一回战场诱饵,为全歼敌军做了贡献。

为写作此书,我查阅了相关史料,发现战役真相与母亲当时听到的"形势报告"相去甚远。

南麻临朐战役,是华东野战军在解放战争前期的一次败仗,十万大军前出攻击敌军,十天时间损折五万,不得不忍痛撤退,到黄河以北疗伤。与此同时,中原野战军刘邓大军也陷在大山中,两支野战军在一个夏天的短时间里,折损了近乎一个野战军的战力,留下中原大地空空荡荡,任由国民党军横行机动。那是一个凄惨的夏天。

面对巨大损失,战役结束后的 8 月 4 日,主官粟裕主动发电报,为此次战败向毛泽东和华东局写检讨,请求处分。

中央军委并华东局:

自五月下旬以来,时逾两月无战绩可言,而南麻临朐等役均未打好,且遭巨大之消耗,影响战局甚大。言念如此,五内如焚。此外,除战略指导及其他原因我应负责外,而战役组织上当有不少缺点及错误,我应负全责,为此请求给予应得之处分。至整个作战之检讨,俟取得一致意见后再作详报。粟八月四日午时。

毛泽东则来电予以抚慰:

粟裕同志支午电悉。几仗未打好,不要紧,整个形势仍是好的。望安心工作,鼓舞士气,以利再战。

同一天,华东局也发来电报。

二十年革命战争中,你对党、对人民贡献很大。近两月来的战斗,虽未能如五月以前那样伟大胜利,却给敌以强大杀伤。近月来伤亡较大,主观上可能有些缺点,但也有客观原因。只要善于研究经验定能取得更大的胜利。自74师歼灭后,你头晕病,久未痊愈,我们甚为怀念,望珍重。

我想,母亲他们撤到黄河北岸归队后,听到上级来做的"形势报告",对他们境遇做的分析、解释以及表扬,正是落实毛泽东"鼓舞士气,以利再战"指示的一个组成部分。这个工作做得十分有成效,虽然大败而归,但薛联他们从来没有对己方的战斗力产生过怀疑,更没有对上级的指挥能力有过质询,夺取胜利的信心没有丝毫动摇。

这一点至关重要,对"在战争中学习战争"的共产党指挥官尤其重要,这种坚信,在其后果然发生了神奇的效用。此后,粟裕连战皆胜,直到在黄淮平原上,以六十万部队对决国民党八十万大军,以少胜多,歼敌五十五万,他直接指挥的华东野战军歼敌四十四万,取得淮海战役大捷,终成一代战神。

这种巨大的进步,甚至连共产党自己都没有料到,1948 年 9 月,中共在河北省西柏坡召开政治局会议,确立了"由游击战争过渡到正规战争,建军五百万,歼敌五百个旅,五年左右从根本上打倒国民党反动派"的任务。他们根本想不到,只需一年,中华人民共和国就能建立。

五年任务,一年完成。当一切成为现实之后,共产党人改天换地的信心,变成了难以抑制的激励和排山倒海的鼓舞,让他们产生出敢于蔑视一切敌人、粉碎一切困难的不二信念。站在今天回望,这信念部分真实,部分虚幻,在后来的岁月里,真实的部分让他们敢于在朝鲜战场上与现代化的十六国联军搏斗;而虚幻的部分,则让他们敢于在国内经济建设中"跑步进入共产主义"。这是留给历史学家评述的后话了。

淮海战役前夕,薛联调去华东野战军第 12 野战医院,任手术队队长,专司外科手术治疗。国共两军大规模的运动战攻坚战,投入兵力数以百万计,带来难以计数的巨大伤亡,她的职责就是在漫天炮火中,用外科手术去拯救尽可能多的生命。

为了实现这个目标,淮海战役中,她那开设在韩庄车站的手术室一字排开三张手术台,她负责做主要的手术部分,前期预备和后期缝合都由众多助手料理,流水作业。她记不清做了多少台手术,只记得伤员洪水般地送来,手术后又潮水般地被运走;手术台上的伤员不仅有解放军战士,还有国民党士兵,"都是农民的孩子,都救"。母亲告诉我。

整整三天三夜,薛联不休不眠,开刀抢救伤员,终至体力耗尽,昏迷倒下,自己也消失在伤病救治转运的洪流和潮水中。战后,她被授予三等功。

那年,薛联二十三岁。她说,那倒不算什么,就是累,真正危险的是敌机,常常被国民党飞机炸得焦头烂额,不可开交。

最危险的一次,她正在做手术,空袭警报响了,她不能疏散撤离——伤员的手术还没有做完。等到做完手术,伤员抬下去,飞机已经到头顶了,助手们四散逃离隐蔽躲藏,手术使母亲耗尽精力,走不动了,她干脆坐在老百姓门板拼成的手术台前,拿出日记本,掏出钢笔,写日记。

透过敞开的大门,她看见天空中国民党飞机俯冲着投弹,弹着点和炸起的黑烟越来越近。直到一声巨响,一颗炸弹不偏不倚,砸中门口的石板台阶,石板应声裂成两半,热水瓶大小的炸弹卡在石板当中,她目不转睛地看着尾翼滴溜溜转动的炸弹,等待最后的致命爆炸。不料,尾翼转了一会儿就不动了,炸弹没有爆炸。她拿起笔,在日记本上写下:"刚才一颗炸弹落在门口,没有爆炸。"

刚写完这一行字,头上又是一声巨响,从房顶上直接砸进来一颗炸弹,落到屋角,钻进地里,她再次盯着那个黝黑的弹着点,等待火光腾起,生命终结。奇怪的是,这颗炸弹也没有爆炸。她再次拿起笔,在日记本上写:"又一颗炸弹落进房子里,没有爆炸。"九死一生,两颗炸弹都没有爆炸,只要其中的一颗炸了,一切都将化为灰烬,包括尚在未来世界、等候四年后出生的我。

我问母亲,怎么这些炸弹都没有爆炸呢?她的回答有些轻描淡写:"国民党兵工厂里有地下党,他们搞了破坏。"年长后,我对母亲这个不假思索的解释不太信服了——即便有地下党破坏,破坏率也不至于高到让接连落下的两颗炸弹都不炸吧。

可是,为什么它们都没有爆炸呢?

解放军的小米加步枪,比对手的美式装备落后一个代际,完全没有制空权,"敌机"与"死神"几乎是同义词,哪怕已经进入大反攻的阶段,部队浩浩荡荡乘胜前进,敌机依然能够随时飞临,播撒死亡。常常,薛联他们正行军着,防空警报响起来,大家立即疏散到路边树荫下、沟壑里隐蔽起来。按照单兵战术条令,应该就地卧倒,薛联居然有自己的计算：卧倒后暴露的面积更大。每次，她都双手抱膝，端坐在树荫下，稀疏的树枝根本挡不住从天而降的扫射，"大不了一颗子弹从脑袋上穿下来，报销就报销"。她觉得，这其实就是一种生死概率，有如抽签，端看是不是抽到你头上。

一次行军途中，敌机又来了，沿着公路俯冲，飞机上的机关枪哒哒作响，肆意射杀公路上的解放军。薛联坐在路边树下，抬头看着俯冲的飞机直冲她扑过来，飞得太低了，连飞行员的脑袋都看得见，机关枪喷射的子弹，在她身边激出一连串泥花。等飞机从头顶掠过、拉起、飞走，警报解除，她发现，身边一左一右两个弹着点，每个离她都仅有几厘米——九死一生，我未来出生的机会，就夹在这两颗相邻不足一米的子弹空隙中，太窄了，差一点就穿不过去，无法来到这个世界。这时，距离我出生还有三年时光。

不远处，一个就地卧倒的男兵被俯冲的飞机打掉了半个脚掌。"他要是不卧倒，就不会丢掉半只脚了。"薛联事后感叹。

薛联动手，挖出了这两颗只差几厘米就打中她的、筷子长短的子弹，放进挎包。她带着这两颗子弹头穿行多个战场，直到打进上海、转业到地方，直到 1950 年代肃反运动让大家交出所有武器弹药，她才上缴了这两颗已经没有杀伤力的子弹头。她没有说过为什么要挖出这两颗子弹并一直带在身边——或许，那个二十三岁的年轻人挖子弹时，没有特别的原因。

母亲说，她是一个幸存者，也是一个幸运者。她穿行战火近十年，漫长的战争中，她从未杀过一个人，被她救活的人难以计数，而这些，都是在死亡阴影的笼罩下完成的。不止一次，当年被她救活的伤员来我家看望自己的"救命恩人"。其中有一位的伤情和治疗最为古怪，他的天灵盖在战场上被打碎了，母亲替他植入了一块钢板替代，让他一直使用到现在。他口口声声说，要不是薛联，我早就不在人世了。母亲的反应，也就是浅浅的一笑，看不出感到自豪的特别神情，也不觉得这是一件多了不起的事情。我见过母亲填写的个人履历表，专长一栏填的是"战伤外科"——炮火连天中的冒死抢救生命，就被她这样简约成平静例行的职业描述。

　　也许就是这些尸山血海的经历，让她整个精神内核发生了巨大变化，最明显的特征是：母亲晚年，从来不看战争影片，有时，我坐在电视机前看这类影片，她正好从旁走过，也绝不看上一眼，她的原话是"战争太残酷了"。

　　她忘不了那些抬上手术台还怀着憧憬"伤好了就能回家看妈妈"的、血肉模糊的年轻伤兵，"那些都是农家孩子"，他们带着这句话接受麻醉，再也没有醒来，永远离开了这个世界。

第十七章
中国　长江　南京　杭州　上海

　　淮海战役结束,郭永绵被调到 10 师政治部任宣传科副科长,1949 年 1 月,解放军统一全军编制和番号,改称为"第三野战军 7 兵团 23 军 67 师",饶是如此,郭永绵还是没有脱离"代理"的命运。渡江战役即将打响,他被派往下属的 200 团"渡江第一营"的营部,职责依然如旧:一旦营部领导牺牲,就由他即刻代理,率领全营强渡长江,攻占对岸的国民党江阴要塞。

　　浩瀚长江,千古天堑,无数古代战车、汹涌铁骑冲杀到此,便折戟沉沙,消失在历史长河中。其中最著名的失败者就是曹操,八十万彪悍的北方铁骑在长江上灰飞烟灭,从此曹操和他后来的魏国再也没能跨过长江,他统一中国的宏图,在长江辽阔的浪涛中化为泡影。

　　1949 年 4 月的长江南岸,国民党军一百二十五万人,分布把守一千公里的江岸,岸上布满要塞火炮,江中驰骋军舰炮艇,专等共产党的木帆船划过江来,以图中流击沉,赤壁重演。

1949 年 4 月 21 日,天一黑,渡江第一营的船队就从长江北岸的小河汊里开出来,按照营连排班,顺序展开,泊在江边。为防对岸守军发现,船帆只升起一半,等到七点半天黑透了,一声号令,船帆全部升起,船队驶进长江,在黑暗中悄无声息地向南岸航渡。

郭永绵和战友们屏住呼吸,船上的轻重机枪全部弹上膛,瞄准黝黑的南岸,只等守敌发现便抢先开火。他们清楚,一旦出现这种情况,生还的希望几乎没有——他们驾乘的是木质帆船,对方一发炮弹,就会被击成碎片。他们聚焦的是自身的战场生存,根本不知道自己正漂过一个历史漩涡的中心。

史实是:父亲和他的战友此刻屏息航渡的这一段江面,几个小时之前曾陷于准备渡江的 23 军和英国万吨巡洋舰的大炮对轰之中,炮弹激起的白色浪花和炸开的殷红血色,在阳光下折射成惊心动魄的光晕,这一段江面,顷刻成了世界关注的中心。

那就是"紫石英号事件"。

1949 年 4 月 20 日上午八时半,23 军渡江的前一天,英国轻型护卫舰"紫石英"号无视解放军自本日开始执行的长江禁航公告,从下游向南京方向进发,在扬州以南的江面遇到正在集结准备渡江的华野 8 兵团。负责封锁江面的炮 3 团当即发炮警告,"紫石英"号仗着一百多年来英国炮舰横行长江、无人敢拦的心理定势,照样前行。3

团的六门炮一起开火轰击，"紫石英"号发炮还击，仅仅几分钟，"紫石英"号舰桥中弹，前主炮被毁，船体洞穿，舰长斯金勒阵亡，副舰长重伤，水兵阵亡十七人，只得挂起白旗，搁浅在镇江以南的江面。

英国驱逐舰"伴侣"号闻讯从南京赶来驰援，跟解放军交火，也被打得舰桥中弹，双前主炮被毁，舰长重伤，在战死十人后，放弃救援，顺流而下，逃到江阴喘息。

消息传到英国海军司令部，英国远东舰队副总司令梅登中将亲率旗舰——万吨级重巡洋舰"伦敦"号与护卫舰"黑天鹅"号从下游赶来救援。这两艘军舰全速前进，于 4 月 21 日即第二天上午八时，冲到了父亲所在的 23 军即将渡江的七圩港江面，抛锚停泊，寻找"紫石英"号。

此刻，距 23 军发起渡江只剩几小时，为了不妨碍本军渡江，23 军军长陶勇命令发射三颗黄色信号弹，这是新华社发布的公告中让军舰驰离的最后警告。两艘英国军舰见没有"紫石英"号，便起锚启航准备离去。不料，北岸江堤上炮 6 团 3 连的 2 炮长梁学成认为敌方异动，当即下令开火，英舰随即开炮还击，炮 3 连在江堤上的阵地伪装得很好，英舰误以为解放军炮兵阵地在江堤后面，所有炮弹都朝那里打了过去。不幸的是，江堤后面集结着准备渡江的 23 军 202 团，一顿炮火从天而降，当场炸死四十三名解放军官兵，团长邓若波也在其中。炮 6 团的八门榴弹炮集火猛轰，"伦敦"号舰桥被击中，舰长负伤，十五人阵亡；"黑天鹅"号七人负伤，两舰只得放弃救援

"紫石英"号,冲出解放军火力范围后,与负伤的"伴侣"号会合,三艘伤舰结伴逃回上海。此一役,英军伤亡一百三十八人,失踪一人,解放军伤亡二百五十二人。

被困江中三个月后,被英国舰队抛弃的"紫石英"号乘夜借客轮掩护,顺江而下,逃出长江去了外海。

这就是"紫石英"号事件。事件期间,毛泽东起草的解放军发言人的声明要求英国认错并赔偿损失,丘吉尔要求英国派航空母舰到远东进行报复,两造姿态上剑拔弩张;中共和英国其实都相当克制,并未酿成一场大战,英国甚至连抗议都未曾提出;停留在长江口的英美军舰闻讯,统统撤去外海。整个事件的直接后果是:自鸦片战争以来,外国军舰在中国内河随意航行的历史一朝终止,彻底结束,一百多年的一个时代一去不复返。

郭永绵从未提及他渡江航道上发生的这场中英炮战,也许在百万大军扬帆渡江时,这几场计划外的炮战,在一路攻击前进、拼杀当面之敌的军人心中是一个很小的插曲,他们的目标是长江南岸,是国民党首都南京,是几百万平方公里的南方半个中国。

后来,部队里流传的一些逸闻似的传说:毛泽东说,陶勇你那么喜欢打军舰,就去海军吧,陶勇后来的职务是东海舰队司令员;而真正打了军舰的梁炮长则因擅自开炮而关了禁闭,出来后还得了个"梁前委"的绰号,因为只有野战军前委才能下令开炮。

渡江战役中"紫石英"号事件的涵义,只有在后人用百年刻度的时间坐标框定时,才呈现出令人感喟的历史性重量。

　　风声,江流声,掩盖了船老大的摇橹声和战士们的呼吸声,白天的中英炮战更是湮灭在滚滚江流中,消失得无影无踪。此刻江面上,只有渡江第一营的船队如无声的幽灵,在宽阔而黑暗的长江上漂移滑行,直逼南岸。

　　终于,抵岸了,郭永绵和战士们轻手轻脚跳下船,涉水摸上岸,岸上的守敌没有任何反应。直到第一营全数登岸才发现,南岸守军火炮的炮衣都没有褪去。郭永绵和第一营的战士们冲进守军连部,敌方连长还在拉二胡,面对解放军黑洞洞的枪口,还直说"不要开玩笑"。

　　第一营在树林里升起一盏红灯,那是一盏三面遮住、唯有朝北一面亮开的红灯,北岸部队接到渡江第一营胜利登陆的消息,顿时万船齐发,争先渡江。

　　长江天堑突破了。

　　登陆上岸后,部队放开来猛打猛冲,攻守双方全面拼杀,多路部队绞杀成一团,建制全乱了,所幸事前有预案和对策,那就是:枪声就是命令,火光就是信号,到时候不管建制,谁官大谁指挥,遇到同级,谁资格老谁指挥。

解放军渡江后,南京大撤退,整个国民党军成了惊弓之鸟,一冲就垮。郭永绵所在的 23 军猛烈穿插,切断了沪宁铁路和宁杭公路,在溧阳、郎溪、广德地区会同兄弟部队截击、歼灭了由南京等地南逃的国民党五个军的大部;一路上风卷残云、势如破竹。追击途中,战士只要对路边草丛随口吆喝"看见你了,快出来",果然就有国民党士兵举着手出来投降。

5 月初,23 军和兄弟部队一起攻占杭州,随后又进军东向,参加解放上海的"上海战役"。

23 军由陶勇指挥,从松江进入,先占徐家汇,再经万航渡路抵达曹家渡,强渡苏州河,一路攻击前进,攻占国民党政府造币厂和淞沪警备司令部,俘敌一万余人。

打进上海,郭永绵他们不认识路,就边打边找向导。上海市民看见解放军打进城来,都不害怕,站在路边的楼上看热闹,他们就举起手招呼:"来给我们带路吧。"市民们爽快地下来,带着解放军,兴高采烈地追击国民党军。

23 军一口气追到江湾,国民党守军要么投降,要么从吴淞口登上军舰逃去台湾,上海战役就此结束。

今天写作此书,我查看着父亲进军上海市区的路线,从徐家汇到万航渡路,必经的捷径,便是由西南往东北斜插、长达两公里的衡山路。这条路于 1922 年由法国公董局建成,称贝当路,1943 年改名为衡山路。如果时间能够折叠重合,形成四维空间,站在 2018 年衡山路我的寓所的窗口,写作之际,俯首就能看见 1949 年父亲和他的战友们穿着浸透汗渍和硝烟的军装,打着结实的绑腿,手持上了刺刀的步枪,脚步硬朗地从我楼下通过,洪水奔腾般地向东涌去,卷向市中心,势不可挡。如果他偶然抬头,就能看见七十年后的我,在高楼上凝神注视着他和他的战友的隆隆征程,目送他随着历史潮流的推涌,消失在衡山路浓荫满目的尽头,融进了一个新的时代、新的世界。

创造历史的人们,更多的是创造了他们意想不到的结果。

这股席卷上海的洪流带来了数不清的后果,这些后果的叠加,让其后的大上海变得沧海桑田,远远超出了这一大群席卷而来的军人的预期和预料。从主干到支脉,都需留交历史学家分类研究,只有一个后果浅显易见、无需研讨,那就是:它让我诞生在上海,在上海安置和展开了我的人生。这个结果,父亲在 1949 年快步冲过我寓所楼下的衡山路时,是怎么也想不到的。

革命改变了个人,让他脱胎换骨宛如重生;个人也改变了革命,世界已不同从前。

九年前,父亲被马来亚英国殖民当局驱逐出境,漂洋过海,辗转来到上海,孤舟一叶,凄风苦雨,前景迷茫;九年后,父亲顶着炮火、踏着硝烟攻进上海,以胜利者的身份占领上海,这让他舒心畅意,倍觉天地光明。半个世纪后回望那个明晃晃的日子，他的兴高采烈还溢于言表：

"我那时候还真出了风头，我在马路上弄了一辆坦克，让俘虏开，我坐在坦克顶上，后面跟着数不清的俘虏，在大马路上走，一直把俘虏带进交通大学，集中关押。坐在坦克顶上，看着大上海，想起第一次到上海，灰溜溜不敢露面，现在这么多人，浩浩荡荡，耀武扬威，心情舒畅。"

坐在坦克顶上进入上海，这一刻，算得上是他人生的巅峰。

那个南洋烈日下的羸弱童工、那个一心向学的热带男孩消失在革命的洪流中；在席卷中国的滔天巨浪中奋力站起来的，是一个全然陌生的男人，在洪流中一路前行，载浮载沉，苦乐杂糅，悲欣交集，走向一个全然陌生的世界，直到终老在冰封万里的中国北方雪乡。

第十八章
中国 徐州 扬州 上海

同样是淮海战役结束,与父亲郭永绵跟随"渡江第一营",紧张地潜伏在长江北岸的河岔里,紧锣密鼓日夜操练,为打过长江去做准备相反,母亲薛联跟着由陈毅率领的华东野战军指挥部,喜气洋洋地进入苏北重镇徐州。

徐州,五省通衢,自古有"兵家必争之地"的名号。淮海战役中,更是国民党军前线指挥战役的"徐州剿匪总司令部"所在地。国民党一度以徐州为中心,集结了七十万大军,准备死战;幸亏坐镇的指挥官杜聿明大战临头不敢困守,弃城出走,被歼灭于黄淮平原,杜聿明本人也在安徽萧县张老庄村被解放军卫生兵生俘。徐州因此而未遭战火,商贾云集的千年古城,繁华一如既往。

这是薛联二十三年的生命中,进入的最大的一座城市。

早春时节,春寒料峭,一群女兵找到一个澡堂子,洗去了一身硝烟和战尘。出来时,薛联脸蛋红扑扑、头发乌亮亮,足蹬刚从商店买来的簇新的力士胶鞋,这是她生平第一次穿橡胶底鞋子,柔软轻巧、足底生风。这一群年轻的女军人敞开军大衣,走在徐州宽阔的大街上,欢声笑语,肆无忌惮。从连天炮火中走进这么大一座城市,她们高兴死了。

乐极生悲,迎面走过来面容严肃的纠察队,一声喝令,当街拦住她们:"一个都不许走!"她们以军容风纪不整、违反入城纪律的罪名被抓进了司令部,说是要关禁闭。

经过好一番折腾,又是低声下气做检讨,又是联系本部门领导,总算被保释出来。走出军纪森严的司令部,重回熙熙攘攘的大街,她们又忍不住嘻嘻哈哈,笑作一团。大城市真美,大城市真好,她们被大城市徐州的五光十色迷住了。如果当时就告诉薛联,几个月后,她将进入中国乃至远东的第一大城市——有"东方巴黎"之称的大上海,成为那里的居民,会在上海成婚生子,在上海历经人生的悲欢离合,直到九十二岁那年落葬上海,"薛联"二字会铭刻在上海新四军广场的纪念墙上、融入上海的无尽时光,她是怎么也不会相信的。

一个月后,1949 年 3 月,陈毅和他的华东野战军指挥部开拔,离开徐州南下,前去安徽合肥附近的瑶岗,筹建渡江战役指挥部。出发前,陈毅做了一个决定,由第三野战军前方卫生部和华东医学院抽调干部组成招生组,赶赴扬州设立"华东医务干部学校",准备接管上海的国民党"国防医学院",招生组十几个人,薛联名列其中。他们乘坐一辆缴获来的美制军用卡车,跟着浩浩荡荡南下的部队,出发了。

大军离去的徐州一下子平静下来,变成了宽松平和的大后方,它静静站立,目送这股改变中国走向和四万万人命运的政治武装力量,向着南天,席卷而去。

薛联坐在美国卡车上,颠颠簸簸、摇摇晃晃,穿越辽阔的江淮平原。这片数百平方公里的原野,不久前麇集了交战双方一百四十万大军,飞机、重炮、坦克、毒气弹、火焰喷射器、炸药包,战火几乎烧焦了每一寸土地。

仅仅两个月,焦黑的弹坑就被稚嫩的小草覆盖,目力所及,黄色的原野上,初萌的新绿如轻纱飘拂漫向远方;河流上,蓝色的雾气袅袅升起,折射着金色的阳光,河水流动着,像一幅色彩斑斓的图画。又一个春天来到了。

太美了。薛联的眼睛湿润了。

薛联二十三年的岁月,一直围绕这片原野展开,这里是她的出生地,她的家乡。在这里,从一个寻找新生活的小镇少女,到一个技艺精纯的外科医生。一个意志坚定的共产党军人,她走过了人生的初始阶段;现在,她要离开了,离开这片熟稔的土地,很可能再也不会回来。因为,她的离去是整个人生的变迁,她不仅仅是要走向远方那个梦幻般的城市,她的生活内容,也要从自己亲手救死扶伤,变成传授救死扶伤的技艺,"那样能救治更多的人"——这是她在接到华东野战军总部调令,让她彻底放弃用八年时光铸就的外科专业,转行高等医学教育时,她对自己的人生变迁做出的认定。

要等好些年她才知道,变迁的何止是她的职业,酸甜苦辣、阴差阳错、悲欢离合、生死存亡,都将在这个变迁中注满她漫长的一生。眼下的胜利,仅仅是巨大未来的一个小小开始。

就在薛联穿越江淮平原的同一时刻,遥远的北平,张治中率领的国民党和谈代表团正与以周恩来为首的中共代表团谈判;坐镇南京的国民政府代总统李宗仁,还筹划着"划江而治"重振河山的复兴伟业;下野后隐居溪口的蒋介石,冷眼旁观他的政坛老对手的一举一动,一边调兵遣将保卫大上海。他鼓励部下,"只要坚守六个月,第三次世界大战必将爆发",就能把美国拖进中国内战,剿灭共党,救平赤祸,同时,他还为了最坏的结局而抢运黄金和一切有价物资去台湾。

此时的中国,整个北方已经是赤旗之天下,解放军人数达四百万之多,相比国民党军二百万人,已成压倒之势,并有了炮兵、特种兵、工程兵、铁道兵等技术兵种,即刻挥师渡江南下,整个中国唾手可得。但为了争取全国舆论和民心,谈判还在进行着,只是,共产党方面开出的谈判条件是国民党绝对不能接受的：头一条就是惩治战犯，"对于发动及执行此次国内战争应负责任的南京国民政府方面的战争罪犯，原则上必须予以惩办"。而战犯名单，则把国民政府从蒋介石以下的党政军首脑五十七人一并列入，蒋夫人宋美龄、北京大学校长胡适都在其中，可谓无一遗漏。

共产党对国民党"利用谈判拖延时间意图再战"的心思，自是心知肚明，内部明确通知，不管谈得成谈不成，渡江战役必须在四月的桃花水汛期之前发起。对国统区的接管工作，也在谈判期间全面铺开，薛联等人创建"华东医学院"，则是这个浩大的接管工程中的一部分。

薛联一行十几人第一站到扬州。军情如火，渡江战役随时会打响，他们随时会开拔进入上海，他们必须在这之前完成建校任务，方能实施接管。他们连一眼"二十四桥明月夜"的扬州美景都未及观看，即刻竖起招生大旗，学校正式更名为"华东医学院"，招收在内战中失学的大学生和同等学力的高中生。他们一口气招收了八百名学生，编成两个学生大队，一个大队的规模相当于后来的一个系，薛联任第二学生大队的大队长。建制确立，部门初创，一个军医大学的未来轮廓隐约可见。

1949 年 4 月 20 日晚，"北平谈判"宣告破裂，次日，渡江战役打响，解放军千帆齐发、万炮轰鸣，国民党军长江防线顷刻崩溃；薛联等由徐州出发的十几个人，此时已成千人大军。学员们穿着簇新的军装,背着军用背包,唱着新学会的军歌,列队来到长江岸边,兴奋地登上渡江大军的船队,跨越滔滔天堑,移师到贴近上海的苏州沧浪亭,随时准备进入上海。

薛联第一次来到桃红柳绿的江南,第一次在吴侬软语的轻柔氛围中,领略轻轻拂过脸庞的水乡暖风;草长莺飞,万物复苏,等待进入上海的每一天都如同一个节日,欢快、喜悦、盛满期盼。那一刻,她根本没有想起,这里其实就是薛氏祖上六百年前,被朱元璋强制迁去苏北的出发地。此番,她回到了祖居之地,从先祖到后裔,花费了六百年的时光,在空蒙迷离的历史旷野上,绕出了一个大圈,兜兜转转,回到原点。

2017 年 3 月 12 日,一个乍暖还寒的周日,我来到苏州,登上阊门巍峨的城门,俯瞰脚下的阊门大街穿门而过,车流、人流如同河水,滚滚不息,市声喧嚣,震耳欲聋。

这座城门建于春秋时期,距今二千五百年,吟咏它的诗歌无数,晋朝就有陆机的诗句:"阊门何峨峨,飞馈跨通波,重栾承游极,回轩启曲阿。"最有名的当属曹雪芹在《红楼梦》里对它的描述了:"阊门最是红尘中一二等富贵风流之地。"

城楼下的护城河边树立着一块石碑,刻着阳文大字"阊门寻根纪念地"。碑后,是一座三层高的六角塔,地基宽厚,塔尖高耸,塔门上的横匾大书"朝宗阁"——朝拜祖宗的楼阁。塔内是一座微型的纪念馆,四周墙壁铭刻着"洪武赶散"时,江南诸姓大家给朱元璋的军士驱赶上船别离的浮雕,以及迁离家族的姓氏。沿墙摆放的展柜里,是这些年出版的迁离家族的家谱和记叙那段历史的书籍。

塔旁是一家仿古的"寻根酒楼",正面墙上金字刻着一副对联:

杨柳晓风江南儿女生离地
墙垣故宅淮左人家世泽根

墙上详列着赶散家族的家谱目录,"薛氏"家族赫然在目,家族的堂号叫"三凤堂",标明原籍是"苏州",现居地是"泰邑"。

至此,母系的根脉溯源到头了。六百年前,这一族系被连根拔起,在此地登船北上,他们回首凝望,泪眼婆娑,眼看着巍峨的阊门城楼越去越远,直至消失在一片混沌的凄风惨雾中。从此告别家乡,再也不曾回还。

其实,眼前这一切都是翻造的新品,不久前重建的。城楼在1958年"大炼钢铁"时被拆去了最后的砖块,用于修建炼铁炉,1982年则铲平了残剩的墙基,建成了公共汽车站。雄伟宏大的城门尚且如此,那些个迁离家族的六百年前的旧址更是荡然无存,只留下朦胧含混、一厢情愿的传说了。

直到21世纪初,本地政府以古画为蓝本重造城门,又发掘"洪武赶散"的历史,修建"寻根地"为主题的系列景观建筑,深度拓展了旅游资源。

　　一时间从者云集,六百年前被"赶散"的家族纷至沓来,认归祖地;其中,除了找到认祖归根的依托感和归属感,隐约中还附加了一个慰藉心灵的依据——苏北贫瘠,民生落后,历来受到来自江南的地域歧视,被称作"江北人"。新建的这个朝宗寻根之地,或许缓解了一批"江北人"的心结——祖上也是江南人,还可能是大家望族,至少在心理上抬起头、挺起胸了。

　　1949 年春天,暂居咫尺之遥的沧浪门的母亲,身在已经跨过天堑长江、剑指东方巴黎的胜利之军,哪还有意于家族往事,更无法想见四十年后的变迁。她的心思,此刻全部聚焦在接管大上海的洪流之中。

　　为了用最平稳的姿态接管上海,让这座国际大都市在共产党的治理下,从一开始就呈现一派祥和之色。中共中央和华东野战军——现在叫第三野战军了——做出了一个不同寻常的决定:几十万排山倒海、急冲而来的大军,在上海外围猛然刹住脚步。"上海战役"何时发动,端看接手管理上海各行各业各个部门的工作是否准备就绪。这恐怕是世界战争史上前所未有、独一无二的战略姿态,彼时共产党人的军事自信也真是爆了棚了。

　　宁沪铁路线上的大小城市,尤其是丹阳,聚集着乘胜前进的共产党从全国各地调集来的人才,从经济到文化到教育,各行各业,精英荟萃,群星闪烁。只等大军占领上海,他们将跟随进入,撑起新上海的天空和大地,让上海人民过上平安顺畅的日子,从而向全世界展示共产党令人信服的执政能力。

陈毅来到丹阳,在接管上海动员大会上,他身穿褪色的黄军装,站在一台 50 瓦的扩音器前说:"上海只有敌人五六个军,以前那些恶仗不会有了。要把中心转到接收城市、保护公私财产上。进南京、上海是我们胜利的标志。在南京、上海搞坏一件事,全世界都知道,上海革命胜利解决了,中国革命也就解决了。"

他挥舞手臂,大声宣布说:"今天,世界上没有任何力量可以阻止我们接管上海!"

1949 年 5 月中旬,接管工作筹备就绪,上海战役方才打响。

经过两周的激烈厮杀,汤恩伯的二十万守城大军被歼灭十五万,解放军则付出了伤亡三万余人的代价。其中很大一部分伤亡,是因为如下这条战场纪律造成的:"为了保护上海不受战火破坏,攻击部队严禁使用重炮和炸药。"据守苏州河北岸坚固高楼的国民党军居高临下,有效发扬火力,因此杀伤了大量的只能使用轻武器作战的解放军,不少在此前各大战役中都不曾牺牲的战斗英雄,就此倒在苏州河南岸,倒在新中国的门槛上。活着的战友对攻城指挥官聂凤智哭喊:"是无产阶级战士的生命重要,还是资产阶级的楼房重要啊军长!"这也是世界战争史上绝无仅有的战场纪律。

1949 年 5 月 27 日,上海的国民党军全部肃清,上海战役结束,上海宣告解放。

父亲郭永绵此刻在纷乱的霞飞路上,坐在坦克顶上,押着成群结队的战俘向交通大学走去。他不知道,一年后将成为他妻子而此刻尚不相识的薛联,也即将乘坐火车,带着成百上千的新学员,风驰电掣地开向上海,在闸北的老北站下车,疾风流火般地跑步前进,奔赴江湾五角场翔殷路上的"国防医学院"。

江湾,国防医学院的校舍,国民党联勤第二总医院的全部设备,以及院长以下四百七十五人,被上海军管会军事接管组派员接手;从闸北火车站一路跑步赶来、汗水淋淋风尘仆仆的"华东医学院"抵达后,旋即全面铺开,按照在扬州时构建的大学框架组建新校,校名叫"华东军区人民医学院",之后再更名为"中国人民解放军第二军医大学",由在徐州发起建校动议的陈毅题写了校名。这是中国人民解放军的第一所军医大学。

初到上海的每一天,都被"土包子出洋相"的笑话填满。薛联和她的同事们纷传着友邻部队的笑话:有战士用烟杆敲灯泡点烟,被麻翻了个跟斗;还有人在抽水马桶里洗脸,还直说这脸盆真白;轮到他们自己,好戏也接连上场:队里一个上海籍干部领着同事上街,买一串香蕉,向茫然不知如何下口的战友介绍:"就一口咬下去。"上当的战友苦着脸吐出香蕉皮后,把他好一顿揍……

"土包子"们也不介意被嘲笑,很多年后,他们还拿这些洋相来自嘲。他们是胜利者,有着胜利者的自信和度量。

　　走进花花绿绿的大上海,灯红酒绿,五光十色,他们表面镇定,内心震撼,为了平息这种内外反差,他们把扰乱心神的上海女郎的装束,形象地编了这样的顺口溜:

　　摸鱼的手,
　　过河的腿,
　　绵羊屁股的脑袋,
　　吃死孩子的嘴。

　　他们用农村生活经验解构城市形象,生动而鲜明地加以丑化和嘲讽,合辙押韵、朗朗上口,极致地施展了农民的智慧。十几年后,有一出著名的话剧《霓虹灯下的哨兵》,则把这种讥讽用更文艺,更显得有文化、有政策观念的方式表现了出来。

　　在欢乐表层的后面,接管上海的严峻后果很快就显示了出来。逃去台湾的国民党军凭借空中优势,飞机一日几趟飞临上海,常常炸得上海不是停水就是停电;而市面上,上海原有的经济体制朝着抵制共产党的方向展开运作,囤积居奇、物价飙升,股市期货大风大浪,市面板荡人心波动。

新来的征服者面临成败存亡,处理危机的手段变得直截了当:股市风急浪高? 直接派兵突袭交易所,一个上午抓光现场交易的所有股民,永久性关闭交易所;囤积居奇? 就从江北华北调运来没完没了的粮棉油煤,物价陡降,让囤积者的货全部砸在手里,活活撑死;空袭不断? 直接从北方大国借高射炮兵师和米格战斗机群,在上海市民仰头观看的空战中,让蒋军飞机断线风筝般坠落。薛联曾登临当时上海最高建筑——南京路 24 层楼的"国际饭店"顶上,观看架设那里的一门高射炮。

带着质朴的笑容,带着辣手的震慑,举着红旗的征服者们走进上海、接手上海、管理上海。十里洋场上,锣鼓喧天,红旗飘扬,秧歌劲舞,凯歌响亮;持续了数十年的海上旧梦,如同真正的梦境,在高音喇叭的铿锵高亢里,在白日照耀的晃眼强光下,人人惊起,梦痕了无,一个全然陌生的新时代降临上海。

这是一种双向的陌生,上海的接管者也不例外。从进入上海的那一天起,他们就生活在一个陌生的世界里:离开了他们奋战多年的熟稔的农村和亲切的家乡,来到了连"风都香"的十里洋场,对现代大都市的五光十色既喜悦又忧惧,既想拥抱享有,又怕被侵吞腐蚀。从西柏坡发出的"赶考"的严峻预判,对"糖衣炮弹"的再三警告,一直在他们耳边回响。作为新中国的新主人,他们面对的是一个广阔无边的陌生海域,海上风高浪急,波涛汹涌,他们投身进去,扬帆起航,成败未卜。

对薛联而言,"第二军医大学"就是她进入这个陌生世界的大门。她和解放区一起来接管的十几个战友兼同事,面对着完备的现代医学教育设施和全套"留用"班子的教学人才,一座规模空前的医学院就这样矗立着,等待他们使用。

薛联那个时期留下的照片明显多了起来,照片上,臃肿肥大的军装更换成剪裁合体的女式军用裙装,硬檐大盖帽替代了扁塌的解放帽,她站在教学大楼高高的台阶前,45度仰视天空,恍如苏式军校生。每张照片上,她都展示着毫无保留的绚烂笑容。一望而知,那个阶段诸事顺遂,心情大好。

这里有一张"学员二大队全体合影"的照片,木质日式的平房校舍前,一百多人济济一堂,第一排席地而坐的中央C位,薛联盘着双腿,两手支在分开的膝盖上,昂首挺胸,笑意清澈,目光自信,"大队长"那核心人物的气场,隔着镜头都能感到。

她是胜利者,从征战双方胜负易位的角度看,甚至可以称作"征服者"。她走进医学院大门,毫无怯意,那顾盼间流露的自得,应该是不经意的,因为,这种喜悦不完全符合她接受的教义:"夺取全国胜利,这只是万里长征走完了第一步,如果这一步也值得骄傲,那是比较渺小的。"但是,多年征战,终获胜利,再也不会被强大的敌手追得不停逃跑藏身,再也不必为随时降临的死神提心吊胆;胜利了,和平了,他们要享受这个时刻。

照片记录下薛联的这些个"享受"时刻:失散多年的亲戚相认合影,闲暇时与战友一起嗑瓜子,英模大会上女代表聚集留念,篮球比赛场旁的轻松摆拍……时隔一个甲子,那份悠闲和快乐,依然像夏日穿透树荫的斑驳日光,在黑白影像上弹跳着,熠熠生辉。

这一段享受时刻是一个分界线,跨过了这条线,薛联的人生全然改变。

分界线的那一边,广袤的中原大地,战火纷飞,广阔的农田阡陌,尸山血海,几百万将士奋力搏命,厮杀呐喊响彻天空。

分界线的这一边,窗明几净的宽敞教室,洁净瓦亮的科学仪器,蔼谨慎的"留用人员"和朝气蓬勃的新生学员。

跨过分界线的薛联,对这个新世界毫无违和之感,她喜欢新世界里无处不在的都市气息和现代氛围,喜欢日新月异的变幻更替和大步向前的升级换代,新朝初始,万象更新。与分界线另一边推崇的忠诚勇敢不同的是,分界线的这一边,推崇文化知识和专业技能。

价值体系侧重面的轮换,对薛联也不是问题。一方面,她来自的乡镇,自古以来就对读书人心存敬意,甚至有"敬惜字纸"这样的戒律,把凡与读书人有关的,一并予以尊崇,尊重知识本是她价值观的一部分;另一方面,那个时段,党组织对他们"工农干部"的指示也十分清晰:尊重和团结城市知识分子,鼓励和带动他们参加新中国的建设。薛联喜欢这个指示,这个指示确定了她的位置,让她在学富五车的文化人面前没有自卑的不安,更不用为掩饰不安而故作傲慢,像她不少战友所做的那样。

在目光探究行事谨慎的新同事面前,她透明而坦诚,安详而谦逊,散发着温暖的亲和力,一如照耀在身后明亮的秋阳,得到了新同事的一致认可和高度认同。接管二军大的初始时光,让薛联成长为一个独具特色的医学教育管理专业人才。

也许正是这个特质,让薛联脱下军装、转业进入上海卫生系统后的很长一段时间内,她的工作都是被指派与专业知识分子搭档,以副手的身份推进工作的展开。

她到上海的第一份工作,是上海市第一护士学校的副校长。校长是一位李姓的女性,非常典型的西式护理专业人士,年过半百依然独身,温婉知性,又凛然不可侵犯,从装束到气质,像极了我们在电影上看到的宋庆龄。一望而知,她与薛联一城一乡、一西一中,相隔千山万水,形同南辕北辙,没人看好她们的合作,可她们最终成了无话不谈的莫逆之交,私人间的友谊维持到耄耋晚年。而第一护士学校则在短时间内走上正轨,培养和输送了新中国最初的护理人员,成了后来岁月中的业界骨干和中坚。

不久,薛联进入市卫生局,任医学教育处副处长。处长是一位国民政府的"留用人员"、年龄大出薛联一倍有余的老先生,他是一位专家型的民主人士,戴着精致的金丝边眼镜,在梳理得一丝不苟的白发映衬下透着洞悉世事的练达,轻声细语,城府幽深。薛联与他共事,规划上海大、中专医学院校的布局和规制,这一老一少、一国一共,一直被称作珠联璧合,最后作为与知识分子团结合作的典范而得到表彰。

从百舸争流的黄浦江畔外滩折进来,沿着车流繁忙的汉口路往西走,到江西中路口,一座环形的巨大建筑巍然屹立。这座集英国新古典主义与巴洛克风格的四层大楼,基座砌筑细面花岗石,上层镶嵌爱奥尼式立柱。大楼有十个边门,东北角是正门,凹型扇面门廊,门上有平台,可用于观景和检阅,现今的门牌是"汉口路 193号"。

鸦片战争中国战败,1843 年英国在外滩据有第一块租界后,列强纷至沓来,纷纷划地而租。至 1854 年 7 月 11 日,英法两国的租界联合组建独立的市政机构"上海工部局"(Shanghai Municipal Council),建立武装部队"万国商团"、巡捕房和独立法庭,正式形成第一个真正意义上的租界——"国中之国"。

公共租界不断越界扩大,到 1899 年 5 月,扩展到二十二平方公里,东至周家嘴,北达上海、宝山两县的交界处,西面一直扩展到静安寺,划分为中、北、东、西四个区,整个上海的核心地区都成了租界。

膨胀了的租界需要更大的管理机关,工部局决定建造新大楼。

1914年开工，八年后竣工的原工部局大厦是一栋环绕汉口路、江西中路和福州路三个街区的巨无霸，占地八千平方米，有四百间办公室，几千人可同时办公。大楼内部装潢也是尽善尽美：黑白大理石楼梯、彩色釉面瓷砖楼道、柳桉木地板，按照伦敦市政厅模板设计的供热系统，最先进的电话交换机，种种设施，堪称远东第一。

最令人瞩目的是楼内广场。由于"万国商团"总部也在楼里，广场上停放着六辆装甲车，设有操场和靶场，以及军官军士的俱乐部、图书室、阅览室、健身房、演讲厅。甫一成立，这个万国商团就打败过太平天国和清军，军威远扬，确保租界这个"国中之国"无人敢惹。

这栋大楼——这个"国中之国"的首脑机关所在地——是彼时上海真正的权力中心，由此成为中国半殖民地的物化象征。

中国人对租界感情复杂：它既是主权沦丧的耻辱标志，又是先进生产力、近现代经济组合和行政方式的模板，更有在黑暗时代艰辛探索的各种政治力量，利用租界相对宽松的环境展开救国活动，包括后来夺取天下的中国共产党，也是在租界内举行的建党大会和多次的全国党代会。

第二次世界大战结束，中国成为战胜国。国民政府废除了列强加于中国的全部不平等条约，并收回国土上的所有租界。1945年秋，这栋工部局大楼被国民政府接收，成为"上海市政府"大楼。从重庆归来的国府官员云集此地，发号施令，百年来，第一次由中国人对全上海实施行政管理权。

1949 年 5 月 12 日，解放军第三野战军进攻上海，半月激战，歼灭守城的国民党军十五万人。

5 月 26 日上午，民国最后一任上海市长赵祖康在此召开最后一次局处长会议，商讨向解放军移交上海全市行政和防务。

5 月 27 日，"上海市人民政府"在这栋大楼宣告成立。第一任市长陈毅的题词"上海人民按照自己的意志建设人民的上海"，至今还镌刻在一楼大厅正上方。

不久之后，脱下军装换上列宁装的薛联走进这栋大楼，这是她的命运航船驰进上海后的长期锚地。此后，她长驻上海，直至晚年。

行笔至此，我忽然发现，这栋大楼，伴随着中国境内各种政治力量的消长、政治版图的变化，几经易手，最终尘埃落定，定于一尊，与实际的历史演进高度重合，恰似一部 1840 年以来中国近现代史的袖珍型微缩版。

2018 年 9 月 28 日傍晚，夕阳西斜，天空晴朗，汉口路上的落叶在金红的余晖里飘动，温暖和苍凉奇异地杂糅一处，让人五味杂陈。我站在大楼正门的门廊下，与视线等高的是一块标示历史建筑的政府铜牌，铜牌上镌刻着"公共租界工部局"——我一路寻踪的最后一站。

如同许多幼年时置身过的建筑一样，成年后再看，常常会觉得建筑变小变矮,尤其在近旁拔地而起的摩天大楼衬托下,童年记忆中的巨无霸低矮了、暗淡了。幼年时,母亲周末加班,有时会带我一起来,她走进卫生局的办公室忙碌一整天,我则在宽敞的长廊和昏暗的楼层里自管自穿梭奔跑。周末的大楼空荡荡的罕有人迹,恍如一座巨大的迷宫,每跑一步都会激起空洞的回声,我期盼着在不为人知的角落里找出神秘的宝藏,一整天充满想象力地寻宝,虽然一无所获,却也尽兴而归。

薛联在上海三十年的职业生涯,泰半消耗在这栋大楼里。在这里,她历经又一次的脱胎换骨,蜕变重生。

她学习过俄、英、日三国外语;全家老小睡觉都要穿专用的睡衣;饭前碗筷要用沸水滚淋杀菌;衣柜里冬夏装折叠整齐分开放置;家里用上了温婉的奶妈和勤勉的保姆;她也烫发、戴金丝边眼镜,节令合时便穿上旗袍。在母亲的相册里,她最好看的照片非她烫发、穿旗袍、戴金丝边眼镜的那几张莫属:母亲面容俊朗,个性独立,城市装束有效地突出了她的特质,呈现出一种遗世而立的冷艳和高贵,是《良友》杂志旧时女郎不曾有过的。

她曾不无自得地说过,他们都不相信我是"工农干部",当我是知识分子出身。

事实上,薛联就是蜕变成了气质和心灵上的知识分子。这是一种奇特的变化,是一种由里而外的改造,是"革命改变个体"的又一实例。

近十年的战争岁月里,她由一个倔强的小镇少女,演进为一个技艺精纯的外科医生,其中作为必由之路的科学训练、养成的科学思维、遵循的科学程序,构筑起一个知识分子必备的思想架构,面对纷乱的现实场域,她越来越有条理,越来越从容不迫,看重理性和逻辑,宏观与微观兼顾地加以把握。

薛联的专业目标,又让她必须抱持知识分子的专业独立性。现实是,为了夺取战争胜利,必须大量地、有效地杀伤对手,但在实践中,她是医生,天然使命是救死扶伤。于是,悖论出现了:前线杀伤的越多,她要救活的就越多,她的专业,与战场目标背道而驰。在尸山血海中,她浴血前行,在无边无际的死亡之海中,打捞每一个行将沉没的生命,尽可能多地救活遇到的每一个濒死者,不论对方的政治立场。不经意间,她累积起了现代知识分子的生命观——与传统"汉贼不两立"不同的、以人为重的悲悯情怀。

为了达到这个目标,薛联和她的团队追求效率、严格程序、明确分工、注重规则,架构起一整套与传统"日出而作日落而息"经验主义不同的现代管理和操作方式,自然而然地走进了工业化大生产所必需的现代工作模式。

20世纪上半叶,席卷全球的国际共运和工业化浪潮对一个个体的改造如斯,对一个农业国家一个农耕民族的改造亦如斯。数以亿计的中国人卷入其中,被动员、被组织,身在其中的每一个个体都受到了现代化组织模式的规制和校正,他们告别农耕生活方式,以一种工业化生活方式必需的姿态改造自身,成为大步跨入工业社会的"新人","新人"们又以火山爆发式的能量,推动整个社会的改变。薛联在漫天风烟之中的演变历程,可看作是一个缩影、一份个体样本。

这种火山爆发式的快速演进,虽然在一定程度上消解了"落后挨打"的民族焦虑,却也正因嬗变的快速,社会整体和它的成员,不可避免地发生了历史性的"头过身不过"的尴尬脱节和难以挣脱的困境,由此酿成的社会困顿和历史阻滞,则远远超出了他们的预料和想象。就在这座大楼里,薛联本人也亲身承受了由此而来的一桩桩劫难,继续严丝合缝地叠印着现实历史的每一步演进。

而在1949年那个清朗的秋天,薛联和她的战友们还无法预见到这一点。这一年秋色最好的那一天,她站在第二军医大学绿荫密布的校园里,满脸欢笑如满天阳光,手臂高举如旗帜飘扬,忘情地欢呼着中华人民共和国的成立。

那一天,是1949年10月1日,黑白影像永远定格了母亲那灿烂的笑靥。

第十九章

中国　上海　嘉定　南翔　朝鲜

1950 年,23 军驻扎上海郊区嘉定,军部就在胡厥文家的大院内。

在军部任职的郭永绵经人介绍,认识了在二军大任职的薛联。初夏,他们结婚。婚后,他们安顿在古镇南翔。

1952 年,23 军编为中国人民志愿军,郭永绵奉调进入朝鲜,与所谓的"联合国军"作战;薛联出任 23 军后勤部留守处主任,驻守国内。

五年后,他们离婚。此生再未相见。

第二十章
中国　上海　长海医院

1951 年 8 月，我出生在上海第二军医大学附属长海医院，医院门前的马路叫翔殷路。

郭永绵和薛联商讨许久，用钢笔在一顶军帽的白色衬里上写了二十多个名字，最后，给我取名"海翔"——上海翔殷路之简缩称谓。

对于姓氏，他俩倒是没有多商讨，一致同意姓"郭薛"。他们共同的信仰体系中一个分支部分——"男女平等"的天然流露，与旧时传统截然不同的新人生观无处不在，只是他们自己无所察觉。

那年父亲三十一岁，母亲二十六岁。

五十年后，母亲谈起我的取名，说："其实，你的名字'海翔'还有另一层意思，你是在南翔有的，在上海生的。"

白发苍苍，桑榆已晚，母亲说这话的时候，脸上显出羞赧的微红。那是晚霞的殷红,意外地照亮了遥远的青春露珠所反射的美丽色泽吧?

我不知道。

全书终

2018 年 10 月 5 日于上海

2019 年 8 月 15 日改于丹佛

后记

　　2017年那个悲伤的早春，九十二岁的母亲没有如同以往那样，又一次战胜死亡，这一次，她没能躲过去，在与突袭的病魔缠斗了一周之后，溘然辞世。料理完母亲的后事，我抬头，看着苍凉天空，泛着白色天光，意识到在家族树的主干上，我已处于大树顶端。十年前父亲就已去世，至此，上一辈消逝殆尽，再往后，就轮到我们这一代飘零凋落了。我也突然发现，自己对上一辈知之甚少，在他们都已远去之时，对他们如何走过一生不甚了了，对他们从哪里来也不曾真正关注，更没有真正赋予过兴趣。

　　比如，我父亲出生在赤道热带的马来半岛，母亲出生在北半球温带的中国苏北，物理空间上存在的那个时代不可逾越的藩篱和阻碍，使得他们在各自平行的人生轨迹上永无交汇之日。可他们偏偏相遇了，还因此有了我。这是一个自然界的奇迹，我却从来不曾惊讶和诧异，更不曾想过其中的含义和所蕴含的天道与伦常。

　　巨大的空洞和虚幻如排浪拍岸，推着我说走就走，开始了一场探查和研究性质的旅程：寻找上一辈驻留过的一块又一块土地，如探矿工程师一般,翻开土地表层,寻找矿石样本,查验所含成分,探究构成这个奇迹的基本元素。

过去几十年我一直专事虚构作品的写作,从小说到电视剧,可以从很小的一点点素材起步,用想象做培育基,催生出一波三折的故事架构、琳琅满目的人物设置和一咏三叹的情感起伏。其中套路不说炉火纯青,也算得上轻车熟路,工匠般地打造出一部部有头有尾、可供出版或者拍摄的作品来,丰富的行业经验让我事先便可预估阅读反应和剧场效果,并以此作为市场的保证。

这一次踏上寻踪之旅,探求历史真相和人生真实的欲求让我没有了过往为写作去体验生活的心境,寻访过程中不断展现的人生和历史,如海宽阔,如烟迷离,让我产生了迥异以往的情感:我不是来搜集素材的,不是来创作作品的,我只是一个探求者,寻找"为什么会那样,怎么就成了这样"的答案。

所有的答案,都溶解在真实的历史事件和历史实物之中。作为一个以虚构作品写作为主业的作家,我直觉感到,这个过程,要把虚构排除出去,就像炼矿要把矿渣排除出去一样,从前驾轻就熟的技能无用武之地了。开掘到的每一时段、每一事件,都须竭尽全力还原真实,真实才能通向答案,真实才能见证那个消失了的时代。不管真实是如何不同于我们的想象和记忆,如何不同于历史和当下的钦定。如果找不到真实的时间和事实,宁可让它空白着,也不去用虚构和想象来填充。唯有如此,才能无限接近历史、接近真实,还原他们的人生,留存时代的真相,描摹历史的轨迹,从而解答我心中的疑问。

几个月的万里行程之后,我无可挽回地摒弃了虚构的思维方式,踏上了非虚构写作的旅程。要表述面临的那些个时间、人物、事件,最有力的写作手段就是直面他们,不眨眼地盯着他们的原有样貌,正面相撞,秉笔直书——那就是非虚构,照实来。

在我的理解中,非虚构作品与原先约定俗成的报告文学完全不是一回事。与其说它是文学作品,毋宁是更接近一份科学实验报告。

在特定的实验条件下,更多的定量观察、更多的定性分析、更多的样本对比、更多的逻辑演算,从中得出作者事先并不知晓的结论。

所有的真人真事,都是不定性、不定型的实验材料,没有预设的边界,没有事前的预测,端看他们在那时、那地的实行实为,主客观交互作用后发生的效果——历史结果。非虚构作品的写作过程,就是思辨过程,就是探究过程。

这是一次与以往全然不同的陌生旅程。写作期间,朋友们一听说我要写父母一辈的人生历程,第一个反应就是:又是为前辈歌功颂德的老套文章。当然不是了,这样的文章很多,早不需要我来写。根本上,我不觉得他们一辈需要歌颂。

非虚构作品的写作,是要将他们放到与我们同样的人本维度来检测。我们都是碳基生物,都是漫长演化中具备生物本能的人类,都是在社会关系的总和中迈开自己的人生脚步,都是在历史已经设定的条件下走向未来。所以在写作中,我最喜爱的时刻是:每逢写到父母遇到最为纠结的人生关头,我就会将自己代入,设问,如果我在相同环境和条件下,我会做什么,会怎么做? 是比他们做得更好,抑或不如他们?

这种实验性质的诘问,让我对以往的时代、消失了的历史有了置身处地的贴近感受,把前人和今人放在同一检测环境的实验,同时加深了对先人和自身的双向了解和认识。

比如,他们自以为掌握了自己的命运,走完一生再看,他们其实是身不由己;但换个角度看,虽说他们在身不由己的洪流里,确实也亲手塑就了外部世界和一己命运。这何尝不是我辈的人生镜像。

非虚构写作的迷人之处,在于作者有一种时空优势,可以从高空俯瞰人物身处的交叉小径,他们不知道路通向何处,我们却猜中了结尾;可以从当下回望彼时的变幻风云,在人物当局者迷的时候,我们事后诸葛亮地明察秋毫。如是,作者可以在人物每一个转折关口,仔细检测影响他们的动量因子,从中获得具有历史意涵的特征力量。而这一切,都是在历史既成的事实框架中和边界条件下严格进行的,由不得作者天马行空肆意想象。

这是一种"戴着镣铐舞蹈"的状态,是对作者思辨储备的挑战和考验,迎面而上,常常让人意兴盎然又诚惶诚恐,有行差踏错便失之千里的恐惧;时时控制着敲击键盘的手指,一次次自我设问又常常推翻重来。毕竟,我辈今天的高度是先辈人梯所提供的,我们的攀登向上,是人类走向未来的生存长链中的一环,承前启后责任所在,容不得轻佻和随意。

在抵达探寻的终极之处,我想得到的答案是:他们一辈是如何从社会基本粒子的原生形态,一步接一步、一环扣一环地羽化、嬗变为他们最终成为的人。

我希望我做到了。

我做到了吗?

历史是一条长河,横亘大地,苍茫雄浑,看不见发源地,找不到入海口;一代又一代的人,在长河中载浮载沉,追逐理想,追求幸福,犹如夸父拄杖疾走,追逐太阳。他们的跋涉,昭示了时代的正当性,也展现了历史的局限性,这一切的总和,化作他们留在身后的邓林,遍布河畔,色彩绚烂,影像迷离,亦真亦幻,让后来人无限感喟之际,站上高山之巅,看着大河融入的地平线慢慢沉寂,无垠天幕上群星升起,银光万点,仿佛无数智慧的眼睛,凝视过去,现在,未来……

2019 年 6 月 29 日　于丹佛

附录一:
在艰苦环境中的一师后方医院

薛 联

1941 年冬,我从新四军卫生学校学习结业,与十名同学一起分配到驻在东台县沿海地区的一师后方医院,我被分在二大队工作。医院驻地东南是琼港,西南是一仓河、三仓河,北面是小海,中间是一望无边的荒草地,方圆有七十多华里。该地区主要是盐民和渔民,居住非常分散,户与户之间相隔四五华里及十多华里不等,其间还有多处海汊,条件极为艰苦。周围有日伪军据点分布,离我们近的只十多华里,远的二十到三十多华里。医院担负大批伤病员的收治任务,领导上要求全院人员树立一切为伤病员服务的思想,在保证伤病员安全的同时,要提高治愈率,尽快使伤病员早日返回战斗岗位,增强部队的战斗力。

在日伪军频繁扫荡的紧张环境中,医院化整为零,以每个伤员组活动,将伤员分散隐蔽到盐民家中。当地盐民的住房十分简陋,伤员多住在盐民制盐用的盐池内,在池底铺上厚厚的杂草作为病床。盐池实际上为挖的地坑,上有屋顶,屋檐离地面只一尺多高,门开在朝南的土墙上,人进出只能爬行。海上风大,常遇大潮汛和台风袭击,有时暴雨成灾,遍地一片汪洋,水深到膝甚至齐腰胸,屋顶虽拉上绳网,有时还是会被大风吹翻。晚上常有散养的牛从屋顶上走过,屋顶常被踩出碗口大的洞。工作人员与盐渔民同住,房东一家人住里间,我们便住在烧饭和养猪的外间。夜里猪牛撒尿,常浸湿我们的草地铺。猪还常来扒我们的铺草和被子,甚至啃我们的脚。牛不停的嚼草声和喘息声常在耳边,使人心烦,难以入睡。在日伪军扫荡最紧张时,每天拂晓前就要给伤员吃好饭、换好药,在房东老乡的帮助下,将重伤员抬到野外隐蔽起来。工作人员和伤员不穿军衣,改成当地群众的打扮,随时准备转移。由于高度分散,要经常到隐蔽点看望伤员。当海水涨潮时,要通过海汊,特别在寒冷的冬天,脚常被冰块和冻土刺破,鲜血直流,加上海水浸泡,真是钻心的疼痛。驻地没有淡水,饮水是一大困难。一般生活用水就用海水,洗过的衣服常泛出白色盐硝。食用水要用牛车到几十里外拉回来,在情况紧张时无法去拉水,只好用海水做饭,又苦又涩,实在难以下咽。在这样的艰苦环境中,全体人员克服种种困难,坚守在各自的战斗岗位上。

当时,医院设备极其简陋,药材来源十分困难。不仅要考虑伤员的安全和治疗,还要保护好药品、纱布、绷带,宁可丢掉自己的背包和用物,而药品、纱布、绷带等从没有丢掉过。没有双氧水就用食盐开水冷却后洗伤口。抗感染类药品只有消治龙,且数量极少,记得有一次给伤口化脓的一位伤员五粒消治龙,发药的同志不小心,一粒药掉落到伤员草铺上不见了。为了找到这粒药,将伤员抬开,一把草、一把草地检查,最后连草带泥用筛子筛过,总算找到了。止痛片也不轻易使用,轻伤员让给重伤员。有时伤员收多了绷带不够用,就将自己的被单、被套撕开当绷带用。换下的纱布、绷带,将脓血洗净消毒后再用,要反复使用若干次。我们用的药材,一部分是到军卫生部去领,往返要通过敌人层层封锁线,大部分药材都是师卫生部药材科长张启隆带领精干人员,化妆成商人到上海、南通、如皋、海安、拼茶等城镇采购,再设法通过党的地下交通运出来。有时也通过当地可靠的商人和医生代买一些药材。有些药材我们自己动手配制,如生理盐水及各种药膏,没有凡士林就用猪油加羊油或牛油来代替。药材不能集中保存,要分散存放在方圆几十里的范围内,有的要装箱埋在地下,有的交给可靠的群众藏好。我们司药每领一次药材,要拎着篮子跟着药材科同志跑上几十里路。

我们这所后方医院,有时简直是"四面楚歌",三面有敌人的据点,又背靠大海。1942年底到1943年初,日伪军疯狂对我们这小块根据地进行残酷的"扫荡"时,重伤员、药材以及体弱的小同志就隐蔽到海船上,远远地跳到敌人包围圈之外。有一次,船没有靠近海岸线,正巧遇上了台风,同志们都在船舱里,唯有药材科长张启隆和船老大在船台上掌舵、拉着帆紧张地在大海上航行。突然一声巨响，大桅杆被狂风刮断了，桅杆上的绳索没有断，断杆拉着帆被风吹到船的一侧，顷刻间船身倾斜，眼看就要翻船，情况万分危急。这时，有着丰富的航海经验的船老大和张启隆同志当机立断，抡起斧头狠狠几下砍断了绳索，脱开断桅杆，又迅速将两根小桅杆上的帆拉向另一侧，终于驯服了咆哮的大海，安全地抛锚靠岸。

新四军与人民群众是鱼水关系，军人一刻也不能离开人民群众，没有人民群众的掩护，就无法生存。1942年初夏，我们一个重伤组有五位伤员，全是下肢骨折，集中隐蔽在九里沟的一户人家。因前一天接到通知，说敌人近日内不会出来"扫荡"，为了减少搬动给伤员增加的痛苦，拂晓前没有将伤员疏散到野外隐蔽。早饭后，我们正准备给伤员清洗伤口并换药，突然看到西南方向有群众向我们这边跑，不一会就看到日伪军扛着太阳旗在村前一条小路上走来。伤员已来不及疏散出去，只要从房子里走出，就会暴露目标，情况万分紧急。房东大娘看到我们不肯离开，便挺身而出，吩咐我们快撤走，伤员由她来掩护，忽然，在我们村子西边响起了一阵枪声，我师八团的一个排和敌人遭遇上了。日伪军听到枪声，慌忙调转头，直向我们村子而来。房东大娘已将前后门关好，自己则坐在前门外若无其事地纺纱，我们隐蔽在房后沟浜里，能清楚地所见大声日军责问大娘"新四军到哪里去了"，机警的大娘用手向西指点，并回答说："新四军向西去了。"由于枪声越打越紧，敌人绕到村后小路，直往西面跑去。敌人走后，我和护理员全身湿淋淋地回到住房，看到伤员们仍紧握手榴弹，严阵以待，准备敌人一旦进来，就拉响手榴弹与敌人同归于尽。目睹这一切，我和护理员热泪盈眶。平时房东大娘待我们比亲娘还亲，她家仅有两只鸡生蛋，自己不吃，全给伤员吃，还给我们做合脚的鞋子，真是军民鱼水情，亲如一家人。还记得有一次，那是在1942年2月下旬的一天傍晚，由东台富安区杨卢乡的七八位群众，抬着头部负重伤、年仅二十一岁的女区委书记杨炯同志送到我们医院，由我们组接收治疗，当时群众激动地告诉我们：杨炯同志深夜在梁家墩子召开区委会，因区队出了叛徒，向日伪告密，使区委会遭到袭击，在激战中杨炯同志中弹倒在血泊中。村里群众得知杨炯没有突围出来，连忙前去查找，发现杨炯伤势严重，已经失去知觉，就用门板抬着她，沿海岸线找到我们医院。直到杨炯同志转危为安后，护送的群众才陆续返回。这样的好大娘、好群众在根据地，何止千千万万，他们用生命来掩护我们的干部和战士的生动事例，真是举不胜举啊！

摘自《峥嵘岁月》续集

原中国人民解放军华东军区第三野战军

第二野战医院回忆录（2009出版）

附录二:《攻克高邮》

中国对日最后一役——高邮战役结束后,1946 年第一期《新华日报》对此进行了报道。昨天,记者在江苏省档案馆浩如烟海的馆藏革命历史报刊中找到了一篇文章,通讯名字叫《攻克高邮》。它是最早、最为全面的关于高邮战役的报道,以鲜活的情节真实还原了那段历史。据了解,作者郭永绵是东南亚归侨,在抗战前后回国参加革命,后被派往新四军工作。

摘自《扬州晚报》2015 年 7 月 9 日   记者   姜涛

《攻克高邮》

郭永绵

当我们的第一颗炮弹飕飕地在天空飞行的时候,正是二十五日下午五时整。接连三炮都打在南门城头的大碉堡上，碉堡被打得通心过。运河西边的迫击炮阵地剧烈的排炮配合着，炮弹已不是一个接一个，而是整批地打击着城垣和碉堡，沿着城墙爆发的火光，简直是像放烟火的大圈。

五时三十分，俄国重机枪像一架从容的缝衣机嗒嗒地响了，跟着的是马克辛重机枪沉重的叫响，三八式轻机枪灵巧清脆地陪衬。时间到了，所有的机关枪都猛烈地开火，这时你无法听得出是什么枪的射声。当你在后面，你只听到一片爆响，像高山瀑布的喧腾；走到前面，那越过头顶的子弹啸声，就像蝗虫群飞过一样嘎嘎的响声，只见城头上冒起一柱柱炮击的黑烟，一条条子弹扣射迸发出来的火线。没有听到敌人的还击，我们密集的炮火像一面渔网，紧紧罩上城头，不让敌人还击，不让敌人抬头。敌人的工事、碉堡、城垛被炮火炸飞了，倒塌了，平毁了，七零八落。

一营的战士们一个班，一个排，一个连，沿着运河边，沿着敌人炮火烧剩的墙脚，沿着一切可以蔽体的东西，无声地迅速地向前运动……

雨是从昨晚就下的，一直没有停过，可是除了雨水滴进眼睛之外，谁也想不到身上的泥泞和脸上的雨水。大家眼望着黑暗中更显高大的城墙，反复地燃烧着一个思想："跨上高邮城墙！"通讯员满身泥泞跑来说："营长叫赶快攻。"

"冲！"一群群的人越过壕沟，敌人一批批的榴弹从城上掷下，一着地就爆炸。突击队员摸到铁丝网边，挥起大刀奋力砍断，拉开鹿砦，立刻有人上去架梯子；给榴弹炸倒了，后边的人立刻扶起；梯子还没放平，已经有人往上爬。在城门的东南、西南，一架架的梯子竖起来了，只见黑黝黝的不断地跑过来，争先往上爬……

不问敌人是居高临下，使用榴弹、刺刀、勾连枪、铁叉、石灰等种种武器，也不问梯断了，跌伤的、带花的、没有人肯落后，都争着先上，只有一个信念："坚决爬上城去！"

我们的连队、我们的战士、指挥员，像打翻了熔炉倾泼出来的铁水一样，是这样炽热激怒，不屈不挠地用榴弹、刺刀向上仰攻肉搏上去。"上去，跨上城去！"

终于，一连突上去了，二连也跟着上来，巨人似的在城头上站稳了脚。敌人慌张地喊着："班长，排长，不好了，敌人上来了，敌人上来了！怎么办？""枪不要了，拿大刀砍！"敌人的官长命令。但在我们的刺刀下，伪军四散奔逃，有的还躲在破碎的碉堡里放枪打榴弹。三十多个鬼子端着刺刀过来，惨烈的肉搏开始了，敌人一个个倒毙。整个敌人都四散溃逃了——这时正是六时三十分。

激烈的巷战展开了，后续部队源源地向前推进，在黑暗的雨夜色中时远时近地冒起火柱，西北角上火光人声枪声响成一片——北门也突破了。前进！

敌人的斗志完全瓦解了，东逃西窜。伪军的高级官长早穿了便衣逃开了，只丢下这些被欺骗的没有了联系组织的小队在各个角落盲目地抵抗。丁忠德一个人走在前面摸到一个碉堡门口，听见里面有人说话，他大喝一声："缴枪！"敌人缴枪了，一共六个人，一挺机枪，四支步枪。四支步枪，他还背不动呢，只好押着俘虏，等待后面的同志来背。

一个被追急的鬼子撞到一个战士跟前，将枪往旁边一丢，"扑通"跪下来："好来西，好来西，大大的，枪过格过格，子弹过格，金表过格。"

武器都解下来，手表，没有人要他的。

十一时，西门东门的鬼子都解除武装，枪声都逐渐地静寂了。一队的鬼子向城外走，皮鞋在石头路上敲得咯咯响。躲在角落里，床底下的群众都忘了枪炮弹的危险，好奇地拥出街来看，指指点点……

鬼子规矩地走着，经过我们的哨岗，都伸手敬礼，殷勤地说："大大的辛苦！"

十二点钟以后，家家的人都打开门点上灯，迎接我们的战士。战斗已结束，战士们在忙着搜索残敌和战利品。有的在人家里休息，女人小孩出神地在听他们讲述攻城的经过，时时有快乐的哄笑，引动着在门口经过的人。现在大家都是如此轻松和愉快，因为"嗨！高邮解放了！"

《新华日报》1946 年第 1 期

图书在版编目（CIP）数据

长河逐日/薛海翔著. —上海：上海三联书店，2021.8
ISBN 978 - 7 - 5426 - 7492 - 0

Ⅰ. ①长… Ⅱ. ①薛… Ⅲ. ①纪实文学－中国－当代
Ⅳ. ①I25

中国版本图书馆 CIP 数据核字（2021）第 140176 号

长河逐日

著　　者 / 薛海翔

责任编辑 / 张静乔
装帧设计 / 徐　徐
监　　制 / 姚　军
责任校对 / 王凌霄

出版发行 / 上海三联书店

　　　　　（200030）中国上海市漕溪北路 331 号 A 座 6 楼
邮购电话 / 021 - 22895540
印　　刷 / 上海展强印刷有限公司

版　　次 / 2021 年 8 月第 1 版
印　　次 / 2021 年 8 月第 1 次印刷
开　　本 / 890 × 1240　1/32
字　　数 / 180 千字
印　　张 / 9.5
书　　号 / ISBN 978 - 7 - 5426 - 7492 - 0/I · 1714
定　　价 / 38.00 元

敬启读者，如发现本书有印装质量问题，请与印刷厂联系 021 - 66366565